Toute ma vie j'ai cru en la force du souhait.
Ce que l'on écrit finit par devenir vrai !

Colette 1873-1954

Photo de couverture par l'auteur.
Le vieux chêne dans le parc du
Hôtel-Manoir Grašupils

Recueil en 4 langues !

# La Dame Blanche de Graši

# Grašu Baltā Dāma

# The White Lady of Graši

# Белая Дама из Граши

Jean AMBLARD
Žanis AMBLĀRDS
John AMBLARD
Жан Амблар

Merci aux traductrices et au traducteur bénévoles :

**LV** : Tulkoja Zane PURMALE
**UK** : Translated by Nadine VITOLS & Peter DIXON
**RU**: Перевод Наталии Гайдаровой (Natalija)

© 2023 Jean Amblard

Edition : BoD – Books on Demand, info@bod.fr

Impression : BoD – Books on Demand, In de Tarpen 42, Norderstedt (Allemagne)

Impression à la demande

ISBN : 978-2-3225-0339-1

Dépôt légal : Octobre 2023

*Introduction dans la Lettonie fantastique.*

*L'auteur est un Petit Paysan du Gers au parcours aventurier. Dès le début des années 80, sur sa ferme, il prend conscience que plus d'Harmonie entre les Besoins des Hommes et les Exigences de la Nature pourrait être source de progrès. A cette période il commence à écrire son "Plaidoyer pour la réintroduction de l'Homme dans la Nature".*

*Plus tard, animateur de projet de développement rural et formateur en agriculture biologique, en parcourant les Pays de l'Est, il découvre le Village d'Enfants de Graši en Lettonie. Durant plusieurs années Il va participer à la création d'une ferme. Et le soir, en ermite dans son soviet-appartement, ses neurones vont broder autour de l'étrange soviet-ambiance locale au fur et à mesure de sa découverte.*

*En 2005 il osa présenter "La Dame Blanche de Graši" à Nadine Vitols Dixon écrivaine franco-lettone. Elle l'encouragea à publier et participa à la traduction anglaise avec Peter Dixon.*

*Ensuite ce fut Zane Purmale qui étudiait le français au Ģimnāzija de Madona. Après avoir lu, elle proposa de traduire en letton, sa langue natale.*

*Natalija Garaidova, russophone, prenait des cours à l'Institut Français de Lettonie. L'auteur la rencontra lors d'un stage linguistique où il était intervenant. Elle proposa de traduire en russe. En 2023, l'auteur hésita* à publier, puis se resaisit : "J'ai des ami.e.s russophones dans plusieurs Pays de l'Est. Tout comme nous, elles.ils rêvent de paix entre les peuples. La version dans cette belle langue leur est dédiée."

"Le Village d'enfants de Graši est l'orphelinat le plus souriant du monde !" décrivait-il lors de ses conférences en France ! Ce hameau ayant appartenu au baron balte Von Kahlen devint plus tard sovkhoze (ferme d'état) durant la triste période soviétique. Pratiquement en ruine en 1994, grâce à l'énergie de l'ONG française "Cap Espérance", le hameau est devenu "le Village d'Enfants de Graši."

Le manoir des barons a été restauré et aménagé en confortable hôtel. Ses bénéfices sont dédiés au Village d'Enfants. Vous le découvrirez là où s'arrête le bitume et même plus loin, dans une clairière au milieu des immenses forêts du Nord de l'Europe où seuls les loups, les ours, les élans, les migrateurs et les ondes positives retrouvent leur chemin sans se perdre. Ce site exceptionnel est idéal pour se ressourcer.

La Dame Blanche s'est révélée sous le grand chêne multiséculaire à l'angle de la forêt de l'ours.

MERCI aux bénévoles traductrices et traducteur.

Hôtel Grašupils Lettonie: www.booking.com
Village d'enfants de Graši: www.capesperance.fr

50% du solde revenant à l'auteur sera reversé au Village d'Enfants de Graši.

La Dame Blanche de Graši reviendra

Voici l'histoire, la vraie, que je tiens de source sûre d'une grand-mère lettone, Mara de son prénom, qui porta ce secret près de 50 ans sans jamais trouver une écoute qui ne la ridiculisa pas, sauf un Français…, moi.

J'ai eu le privilège de la rencontrer en 2005. Quatre de ses petits-enfants l'avaient accompagnée jusqu'à Graši. Un petit pèlerinage sur les traces de son passé encore très présent dans sa mémoire intacte. Devenue veuve assez jeune, elle vit maintenant à Rīga mais est née au hameau de Graši en 1918, l'année de la proclamation de la première République de Lettonie. Elle y vécut jusqu'en 1989.

Voyant que je prêtais beaucoup d'intérêt à sa proposition de me raconter "son histoire", voyant que j'étais vite monté dans mon bureau chercher de quoi prendre des notes, Mémé Mara pleura de joie et de soulagement : "Tout le monde de mon entourage me prend pour la sorcière du quartier chaque fois que je tente de raconter cette histoire pourtant vraie : je l'ai moi-même vécue aux premières loges. Enfin quelqu'un accepte de m'écouter ! Paldies de me croire, Paldies, Paldies !" (merci). Sa famille la voyant entamer son récit traduit en anglais par une de ses petites-filles, avait l'air de penser : "Allez ça recommence ! Elle va ressortir "son histoire" ! Et en plus elle a trouvé un couillon pour écouter…on n'a pas fini !".

Les trois autres personnes décidèrent donc de nous laisser là et entamèrent une promenade dans le hameau. J'avais bien prévenu sa petite-fille Ina que je ne comprenais l'anglais qu'avec des gens qui parlent le même que le mien, ce qui signifie : lorsque je ferai une grimace, essayez de reformuler votre phrase avec des mots plus simples. Et elle joua bien le jeu. « Thank you very much, dear Ina !" Assis à l'ombre des grands chênes, sur un des bancs en rondins massifs du parc du manoir aux côtés de Mémé Mara et d'Ina assise à ma droite, me voilà parti un demi-siècle en arrière…

C'était en 1958, une nuit très noire de Novembre, le 8 exactement, une nuit sans lune où seul le crissement des graviers sous nos chaussures ferrées nous servait de guide sur la piste. Il faisait humide, pas trop froid pour la saison. Nous rentrions chez nous, fatigués, après une longue journée de labeur à l'étable du sovkhoze. Il fallait traire toutes les 120 vaches brunes à la main, Cher Monsieur ! Nous savions qu'il existait des machines, mais pour nous c'était la misère ! Voyez dans quel état sont mes mains, toutes déformées par des rhumatismes qui me font bien souffrir, cher Monsieur. Oui, qui me font bien souffrir… Mon mari Hans, Dieu ait son âme, le pauvre… Un prénom germanique ? Pourquoi ? Vous savez, Cher Monsieur, notre pays a eu du mal quelquefois à garder son intégrité avec les influences de tous les envahisseurs que nous avons dû subir… Que disais-je ? Ah oui : Hans et moi rentrions vers Graši, nous habitions cette petite maison où ma fille tenait une épicerie, cette petite maison là, derrière celle où vous m'avez dit que la Fondation du Village d'Enfants avait le projet de faire une chapelle. Mon Dieu…une chapelle à la place de ma maison… qui l'aurait cru à cette époque, j'ai tant de souvenirs dans cette maison, des bons et des moins bons… Et une chapelle quoi ? Une chapelle protestante ? Orthodoxe ? … Ah non ? Une catholique alors ?… Ah bon ?…

Bref où en étais-je ? Ah oui, cette fameuse nuit qui allait bouleverser ma vie et mettre même notre couple en péril par ma faute, oui, par ma faute… Pauvre Hans, il en a souffert le pauvre… c'était de ma faute… je ne le croyais pas…

Nous étions presque arrivés chez nous lorsque, tout à coup, nous entendîmes la horde de loups qui vivaient là-haut, au-dessus de Dukati, se mettre à hurler à la mort. Etrange, étrange… C'était la première fois que cela arrivait une nuit sans lune… et Hans me dit :

— Regarde Chérie ? Oui, il m'appelait Chérie, le pauvre… Regarde en haut de Dukati, je vois des lueurs étranges à la lisière de la forêt, une flamme de couleur bizarre, ce n'est pas du feu, la lumière est blanche et se déplace.

Moi, à ce moment là, je n'arrivais pas trop à distinguer. J'avais des orgelets qui me brûlaient les yeux et je voyais un peu trouble. Mais ce dont je me souviens c'est de cette voix, mon Dieu cette voix... j'en frissonne encore. Une voix étrange, une voix féminine douce et puissante à la fois, une voix qui semblait venir d'un autre monde, comme un écho qui envahissait toute la forêt, une voix douce se mêlant aux hurlements incessants des loups qui avaient aussi entraîné les aboiements de tous les chiens de la région. Tout devenait si étrange. J'avais peur, très peur... je frissonnais de tout mon être. Puis en écoutant un peu mieux, je compris que cette voix appelait mon mari :

— Hans, Hans tu es revenu, tu es là ? Hans réponds-moi...

— Mon mari était mal à l'aise et me répétait sans cesse :

— Je ne connais pas cette voix. Qui est cette femme ? Comment peut-elle me connaître ? Je ne comprends pas, c'est une erreur.

C'était une ambiance angoissante. Jusqu'à ce que je saisisse que la voix appelait mon mari, je me blottissais contre lui, inquiète. Mais tout à coup je réagis très vivement et le repoussais.

— Hans ! Dis-moi la vérité ! Tu aimes une autre

femme ! C'est quoi tout ce cinéma ? Si tous les deux vous cherchez à m'impressionner, c'est raté !

Pauvre Hans, Dieu ait son âme, il m'a quand même pardonné plus tard, Pauvre Hans. Et cette voix qui n'en finissait pas de vouloir me séparer de mon mari, et ces loups et ces chiens. En plus, il me semblait entendre des cloches sonner. Celles de Karzdaba et de la chapelle désaffectée du cimetière de Graši. Peut-être aussi celles de Kraukli ou de Cēsvaine ? Ou toutes ? Je ne saurais vous dire… Révoltée, je courus vers la maison, entrais la première et refermais la porte, laissant Hans dehors. Je lui hurlais en pleurant, complètement terrorisée par tout ce qui était en train de se passer à la fois :

— Puisque cette femme t'appelle, qu'attends-tu ? Va la rejoindre dans la forêt ! Tu ne vois pas, tu n'entends pas ? Elle t'aime! Moi, je le comprends : elle t'aime !" Pauvre Hans, Dieu ait son âme...

Ina cessa de traduire parce que sa grand-mère pleurait maintenant à chaudes larmes. Elle lui parla en letton. Je ne comprenais pas, mais j'imaginais qu'elle devait lui proposer d'arrêter, que ces souvenirs la remuaient trop…

Mais Mara, quelques secondes après avoir séché ses yeux tout rougis, eut l'air de dire : "Non, cette fois-ci vous ne m'arrêterez plus, j'ai enfin trouvé quelqu'un qui m'écoute, je continue !" Ina aussi avait les yeux humides…et pour tout dire, cette histoire commençait à me remuer moi aussi, me sentant un peu gêné qu'elle me confia un récit qui jusque-là me semblait impudique à écouter...Mémé Mara toussota, s'éclaircit la voix et reprit :

Hans, assis sur le perron de la maison, caressait le chien qui avait jusqu'alors autant aboyé que les autres, mais se calma, rassuré par la présence de son maître. Et je reprenais de plus belle :

— Hans va-t'en ! Va la rejoindre, tu ne vas pas la laisser t'appeler comme ça toute la nuit ! Regarde, tous les voisins sont devant leur porte. Je t'en prie Hans, vas-y ! Qu'elle se taise enfin, cette garce !"

Et mon pauvre Hans tout penaud s'éloigna de la maison et je ne le vis plus pendant au moins une ou deux interminables heures. Et notre Suni qui se remit à aboyer, à hurler à la mort ! Je ne voulais pas, je ne pouvais pas dormir mais j'étais bien déterminée à ne plus laisser Hans entrer à la maison. Non seulement il me trompait depuis je ne sais quand et en plus cette folle avait monté tout un spectacle pour me ridiculiser aux yeux de tous les gens du sovkhoze (ferme d'Etat) avec qui, le lendemain, j'allais revenir travailler. J'imaginais déjà les regards et les sourires... Non, c'en était fini, je ne voulais plus de lui, il se moquait bien de moi quand il me disait : "

— Mara, ma chérie, je n'ai jamais aimé que toi ! Mes sentiments n'ont pas changé malgré le temps et la vie pas très agréable que nous menons ici.

Ah le coquin ! Il se moquait bien de moi, me ressassais-je depuis son départ vers la forêt où l'attendait cette folle, cette sorcière. Elle avait manigancé toute cette mise en scène grotesque qui faisait hurler de rire les loups, les chiens de Dukati et sans doute tous les voisins…

Mais au bout de deux heures environ, mon Hans revint frapper à la porte en pleurant :

— Mara, Mara, je t'en prie ouvre-moi ma chérie !

Pauvre Hans, il en avait souffert de cette histoire, mais il m'avait pardonné. Mais à ce moment là, j'étais bien déterminée ! Je ne lui ouvrirai plus… J'avais éteint la petite lampe de notre chambre dont la fenêtre sans rideau, côté Ouest, se trouvait près de la porte d'entrée. Et mon mari essayait d'articuler des explications incompréhensibles mêlées de sanglots… et il répétait inlassablement devant la porte:

— J'ai peur. Cet Hans qu'elle appelle, ce n'est pas moi ! Je ne comprends rien ! C'est un cauchemar ! Elle me parle de Baron, de château, de chapelle…ce Hans ce n'est pas moi…

J'étais si énervée, si révoltée contre lui que je ne cherchais même pas à écouter ses explications. Et il reprenait de plus belle!

— J'ai peur ! Mara ouvre-moi, cette femme est un fantôme, elle se déplace sans marcher et entourée d'une lumière blanche, elle est irréelle, elle me répétait sans cesse : "Dis-moi mon brave, où est Hans, mon amour. Est-il revenu de la guerre ? Est-il au château de son père ou à la chapelle de Graši?"

Tout à coup, alors que Hans toujours en pleurs me racontait cela en tapant sur la porte, j'eus la présence d'esprit de penser : Mais comment peut-il me parler de Hans le fils du Baron. Il ne connaît pas l'histoire de Graši ? Hans, mon mari me parlait de choses qu'il ignorait totalement ! Car en bon communiste bien endoctriné qu'il était, il s'était toujours refusé à connaître l'histoire de ce hameau qui appartenait à des hobereaux allemands. Moi, je savais bien tout cela, mon père qui avait été le maître-valet du dernier baron de la lignée, nous avait raconté en cachette, à ma sœur et à moi, l'histoire de cette famille Kahlen de Graši dont un des grands-oncles s'appelait effectivement Hans, et que justement il avait disparu très jeune, à 30 ans me semble-t-il, dans un contexte vraiment étrange. Je ne me souviens pas exactement, mais c'était il y a peut-être cent ou cent cinquante ans cette histoire ! Mais malgré mon interrogation, j'étais loin de croire toutes ces salades, sans doute inventées par son amante. Une sorcière, oui ! Pas un fantôme ! Cette fille est vraiment folle pensais-je. En restant dans le noir sans dire un mot, Hans continuait de gémir devant la porte. Les loups et les chiens s'étaient tus depuis son retour, les cloches et la folle aussi. Tout était redevenu calme.

Au bout d'une bonne demi-heure, je fus prise de remords. Peut-être dit-il la vérité ? Et puis si je le laisse dehors toute la nuit, il sera malade et déjà que Saša, le directeur du sovkhoze, ne peut pas nous voir, il va nous faire des misères... Et je décidais d'aller lui ouvrir la porte. En entrant, il se mit à pleurer de plus belle en se jetant dans mes bras. Il tremblait de froid, de peur, les deux peut-être ? Je lui fis chauffer du tēja (teïa, tisane). Je n'avais jamais vu mon mari, ni personne d'ailleurs, dans un tel état. Peu à peu il se calma mais son visage était tout transformé, comme un chien battu, le regard livide. Assis au bout de la table, affalé, la tête entre ses mains, il donnait l'impression d'avoir vu le diable... et il se mit à raconter, à raconter... des heures durant...

Et pendant des années il en parla surtout avec moi. Il ne comprenait rien à ce qu'il s'était passé,

— Mais pourtant ? disait-il. Ce n'était pas des hallucinations ! Tous les voisins qui ont vu la lueur, entendu la Dame Blanche, les cloches et les loups, ils n'avaient rien compris à tout ce qu'il s'était passé... et encore moins à ce qui m'était arrivé... mais il s'est bien passé quelque chose ? Je veux comprendre, je ne suis pas devenu fou tout de même ? Et tout ce que m'a raconté pendant des heures cette... cette quoi d'ailleurs. Etait-ce une vraie femme, un mirage, un feu follet ?... je n'en peux plus...

Pauvre Hans, il m'a quand même pardonné. Des années durant nous essayâmes d'oublier, mais comment oublier ? C'était impossible ! La seule solution était d'essayer de comprendre. Comment avoir des informations sur ce passé de Graši ? Durant l'impérialisme soviétique il était impensable de retrouver des écrits qui auraient pu nous aider à mieux comprendre qui était ce fils de baron Hans disparu prématurément alors que sa destinée l'entraînait vers une brillante carrière militaire dans la cavalerie. Tous les écrits ou presque avaient été détruits. Ce n'est que quelques années plus tard que mon amie Aiva (Aïva), à qui j'avais confié ce secret lourd à porter et surtout inexplicable, me fit savoir, au creux de l'oreille, que chez son père qui habitait à Kraukli, il y avait un manuscrit retraçant les mémoires de la famille Von Kahlen de Graši. Mais il était écrit en vieil allemand. Peut-être cela pourrait nous aider à mieux comprendre ? Il fallait se méfier, car si quelqu'un de la milice nous surprenait avec ce livre, il en référerait au KGB et là, on était bons pour la Sibérie, au mieux… Mais nous voulions tellement comprendre que nous acceptions ce risque énorme.

Une nuit, avec Hans, nous partîmes donc à travers champs, chez les parents d'Aiva et revenions quelques heures plus tard à la maison avec le fameux manuscrit qu'il fallait maintenant déchiffrer. Et qui pourrait nous aider ? C'est quelques jours plus tard que j'eus la bonne idée. Et si j'en parlais au Pasteur de Cēsvaine ? Lui au moins, c'est sûr, il ne nous dénoncera pas. Mais acceptera-t-il ? Nous savions qu'il avait fait ses études en Allemagne, siège de l'église Luthérienne. Mais comment faire ? Lui aussi risquait le goulag. Avec Hans, à cette époque, nous ne fréquentions pas ces lieux, ni ces gens…sauf… Mais oui ! Ma copine de classe Marta qui travaillait à la mairie de Cēsvaine et qui s'occupait aussi du ménage à l'église interdite. Peut-être, si j'osais lui demander, elle en parlerait au Pasteur qui, peut-être, nous aiderait ? Et ce qui fut dit fut fait.

Avec Hans nous invitâmes donc le Pasteur à la maison, un soir, de manière à ce que nos voisins ne se rendent compte de rien, le risque était bien réel. Le Pasteur Ivars était un homme vraiment charmant. Et bien que notre histoire lui parut tellement loufoque, après un grand fou rire qui nous humilia un peu il faut le dire, il s'assit à notre table et demanda à voir le manuscrit. Hans alla le chercher à la cave sous le tas de pommes de terre. Et très vite, en suivant la chronologie de la famille sur les pages jaunies, il arriva à cette fameuse génération de la fin du XVIII$^{ème}$ siècle et effectivement Hans, le troisième fils du baron avait bien été rappelé le 8 novembre 1808 par l'armée pour aller immédiatement prendre le commandement du régiment R65, stationné à l'Arsenal de Riga. Et ce, à la minute où il prenait connaissance de la missive que lui portait un cavalier de ce même régiment.

Ce cavalier surgit juste au moment où Hans entrait dans la chapelle de Graši, au milieu d'une foule de parents et amis. Dans la chapelle l'attendait sa promise Līva, pour unir leurs destins devant Dieu... Hans dut, à la minute où il lut la dépêche, quitter la cérémonie de son propre mariage. Et ce fut la dernière fois que toute la famille réunie à cette occasion, vit Hans qui devait disparaître lors d'une bataille particulièrement meurtrière. On ne retrouva jamais son corps.

— Mais… Et là le Pasteur devint tout blême et attendit bien une minute avant de poursuivre sa phrase… Mais alors, cette Dame Blanche ? Ne serait-ce pas ? Non, ce n'est pas possible, je ne vais pas croire à toutes ces sornettes. Non, je ne vais pas croire aux histoires de fantômes, non, non… ce n'est que pure superstition. Non, soyons sérieux, ma religion me l'interdit… Je ne peux pas croire à ça tout de même.

Alors que le Pasteur n'en finissait pas de s'épouvanter, Hans, lui, commençait à se sentir plus à l'aise… Et moi aussi… Non, Hans ne m'avait jamais trompée ! Non, il n'avait pas eu d'hallucinations ! Et même si Ivars le Pasteur restait interloqué, épouvanté par ce qu'il était en train de soupçonner, nous, nous commencions à nous sentir soulagés ! Hans osait enfin me regarder à nouveau droit dans les yeux comme il avait l'habitude de le faire autrefois pour me séduire, avant cette satanée histoire à dormir debout. Une histoire qui nous a usés durant des années. Même ma fille qui vivait avec nous en souffrait beaucoup. Car si j'avais accepté de croire mon mari, j'avais quand même beaucoup d'incertitudes et des doutes subsistaient. Mais là… c'était du bonheur qui revenait dans notre masure. Pour un peu, j'aurais demandé à Ivars le Pasteur de Cēsvaine à quelle heure serait l'office de dimanche prochain, dans sa maison. Car, seule la religion orthodoxe russe était tolérée par le parti. Tout le reste se pratiquait en cachette, donc la nuit, dans les maisons privées… Mais non, il ne fallait pas exagérer tout de même, nous étions communistes, du moins encore à cette époque, et pas question de s'attendrir sur d'autres idées… C'était strictement interdit par la propagande.

Ivars, lui, ne s'estimait pas rassuré du tout. "Demain soir, je reviens, et nous allons essayer de reprendre toute l'histoire depuis le début. Je vais tout noter et j'ai un de mes amis qui est historien à l'Université Luthérienne de théologie de Berlin. Je lui enverrai un courrier pour qu'il puisse faire des recherches. Je ne peux pas, je ne veux pas laisser cette histoire dans le flou. Nous nous devons de faire la lumière sur cette affaire. Il doit bien y avoir une explication rationnelle".

Et il revint chez nous le lendemain, le surlendemain et même un troisième soir. Le manque de sommeil accumulé commençait sérieusement à nous ralentir. Et mes mains me faisaient déjà beaucoup souffrir à cette époque, surtout l'hiver. Pendant la traite, matin et soir, j'avais 12 vaches à faire ! Et s'il manquait quelqu'un, il fallait que nous nous répartissions son travail ! Hans faisait partie de ceux qui s'occupaient du nourrissage des bêtes. Il fallait nourrir 120 vaches à l'étable avec du foin en vrac ! 120, oui cher Monsieur ! Et nous n'avions pas des machines modernes comme maintenant ! Quoique, est-ce mieux maintenant ? Bien sûr au sovkhoze il y avait du monde. Nous devions être une centaine à travailler. Enfin, quand je dis travailler, je devrais dire présents sur le lieu de travail ! Car c'était à celui qui en ferait le moins… mais ceux qui étaient à la traite… il fallait bien traire les vaches deux fois par jour ! Là on ne pouvait pas tricher ! Alors 3 nuits blanches de suite… je ne vous dis pas…

Hans raconta tout à Ivars, tout :

— Je suis monté par le chemin de Dukati et me dirigeais vers cette lumière étrange qui, après s'être déplacée dans la forêt, stationnait en vacillant un peu de temps en temps juste à la lisière de la grande prairie, à environ 100 m au-dessus de la porcherie. J'étais comme hypnotisé et avançais sans m'en rendre compte. Les loups hurlaient, les chiens aussi. J'entendais les cloches sonner de partout, mais je n'avais même pas peur, j'y allais droit et pourtant il faisait absolument noir. Seule cette lumière dans la forêt me montrait le chemin et cette voix qui continuait inlassablement de m'appeler… Arrivé à une dizaine de mètres du grand chêne qui fait l'angle de la forêt, là, je vis enfin la Dame Blanche.

Elle tournait autour de l'arbre, lentement, mais sans marcher, comme si elle volait près du sol. Elle était toute éclairée, enfin, je ne sais pas… elle était lumineuse, oui c'est ça, elle était elle-même lumineuse, mais pas éblouissante, non, une lumière plutôt blanche, floue mais agréable, reposante. Oui, reposante. Elle avait une grande robe avec une traîne de plusieurs mètres qui ne s'accrochait même pas aux broussailles, mais cela ne m'inquiétait pas. Une robe blanche en dentelle très belle. Je n'en ai jamais vu de si belle. Ses cheveux bruns étaient recouverts d'un long voile qui se fondait dans la traîne, de la même dentelle que la robe. Dans sa main droite elle tenait un petit bouquet de fleurs blanches. Elle ne me regardait pas et continuait d'appeler :

— Hans, mon amour, es-tu là ? Es-tu revenu ?

Je m'approchais un peu plus, juste à deux mètres d'elle, mais elle ne me regardait toujours pas.

Et lorsqu'une nouvelle fois elle appela, je répondis timidement :

— Je suis là !

A ce moment, elle arrêta son manège autour de l'arbre et se retourna vers moi et comme si elle glissait sur des patins à glace, vint s'asseoir sur une balançoire accrochée à l'une des énormes branches du vieux chêne. Elle me regarda un instant. Je ne savais pas si je devais sourire ou pas... mais je restais tout de même ébloui par sa beauté, la beauté de sa jeunesse, ses traits si fins... ses yeux bleus comme le ciel... son regard apaisant. C'est sûr, c'était une Lettone ! Elle s'adressa à moi tout en se balançant gracieusement, mais pas très haut, juste un mètre ou deux :

— Mon brave ! N'aurais-tu pas aperçu Hans le fils du baron de Graši ? N'est-il pas revenu au château de son père ou à la chapelle ?

— Je ne comprends pas, je suis Hans, il n'y a pas d'autre Hans à Graši, ni même à des lieues à la ronde.

— Hans est mon futur époux. Il m'a dit : "Ma mie, je dois absolument partir dans l'immédiat, ma patrie est en danger. Je te promets de revenir au plus tôt et nous nous marierons..." Alors depuis, je l'attends à l'Arsenal de Rīga ou quelquefois ici, sous ce chêne où nous nous donnions rendez-vous chaque fois qu'il revenait à Graši. Sous ce chêne où nous nous sommes tant aimés et avons fait ensemble tant de projets".

Je questionnais :

— Quand votre Hans est-il parti ? Quelle guerre ? Il n'y a plus de guerre maintenant".

— Je ne sais plus, il y a si longtemps... Je l'attendais à l'intérieur de la petite chapelle de Graši, il allait entrer au son du carillon, du kokle et de la harpe qui commençaient à jouer. Tout allait commencer. Mais je le vis tout à coup entrer en courant, affolé, en me disant qu'il venait de recevoir une dépêche du général des armées et qu'il me promettait de revenir très vite... Et depuis, je l'attends... Et s'il ne vient pas cette fois-ci encore, je ne pourrais revenir que dans quelques années. C'est la troisième fois que je reviens sous notre chêne...

Et elle me quitta du regard, se leva et reprit son vol léger autour de l'arbre et les loups recommencèrent à hurler. Je restai très longtemps là, à la regarder. Elle était si belle, si... je ne trouve pas mes mots. Je ne sais pas combien de temps je suis resté sans bouger, debout à la regarder, complètement fasciné, apaisé. Mais il ne se passait rien. C'était une rengaine. Elle tournait en répétant la même chose. Enfin, je me décidai à rentrer à la maison, fis demi-tour et repartis sans qu'elle s'en rende compte. Elle ne me regardait pas, comme si je n'existais pas. Et même en m'éloignant, je l'entendais aussi bien que lorsque j'étais à deux mètres d'elle... elle était si belle... Et pendant plusieurs nuits qui suivirent la même scène recommençait pendant des heures.

De la façon dont il en parlait, Hans me rendait un peu jalouse. Mais je savais qu'il ne m'avait pas trompé. Le Pasteur Ivars nota scrupuleusement tout ce que Hans lui racontait. Du mot à mot, n'hésitant pas à lui faire répéter plusieurs fois les mêmes phrases afin de les noter textuellement. Il nous quitta et il fallut attendre environ trois mois pour qu'enfin ma copine Marta vienne un soir à la maison pour nous dire que le Pasteur avait reçu une lettre de Berlin et qu'il passerait nous voir samedi soir.

Le samedi suivant, comme convenu, Ivars arriva à la maison dès la nuit tombée, juste au moment où nous revenions de l'étable. Il avait l'air bien cérémonieux et nous nous empressâmes de vite entrer et nous asseoir dans la cuisine bien chauffée par Sarmite, notre fille qui s'occupait du partika (magasin d'Etat). Elle vivait là jour et nuit car le magasin était ouvert toute l'année. Trois personnes se remplaçaient pour le tenir, mais ma fille qui était la responsable, logeait sur place. Ce qui nous permettait de vivre avec elle dans un appartement un peu exigu, mais bien chaud en hiver. Bref, Ivars une fois bien installé comme d'habitude au bout de la table, enfila sa main dans sa chemise après avoir dégrafé deux boutons. Il en retira une enveloppe grise portant un cachet de cire rouge, mais sans timbre.

— Il était prudent, nous dit-il, que ce courrier voyageât dans un réseau confidentiel constitué de membres de l'Eglise. Une enveloppe comme ça ouverte par le KGB et le lendemain je me retrouve dans un wagon en partance pour la Sibérie, sans autre forme de jugement que la simple lecture des règles du Parti.

Et il tournait et retournait autour du pot, sans jamais entamer le sujet brûlant pour lequel il était venu. Au bout de quelques temps, il se décida enfin :

— C'est un sujet particulièrement délicat aux yeux de notre mère l'Eglise… Délicat… Délicat… Comment dire ? Ces faits ne sont pas reconnus, ils n'existent pas, ils ne sont pas admis…

Nous ne comprenions pas de quoi il nous parlait. Pourtant lui-même il y a quelques mois, nous avait bien écoutés, avait tout noté. Et maintenant voilà qu'il nous disait que rien de tout cela n'avait existé ? Hans et moi, nous nous regardions un peu hébétés. Mais après un long silence, il reprit enfin :

— Mais, toutefois… Mais… heureusement, j'ai des amis, des vrais, qui malgré tous les interdits ont quand même essayé de comprendre et eux-mêmes ont aussi fait des recherches. Non pas dans les archives du

Vidzeme, car elles n'existent plus, tout a été brûlé. Ils ont recherché dans les archives de l'Eglise Luthérienne ramenées en Allemagne.

Et là, il se mit à lire la lettre :

— En 1883, dès le 8 du mois de novembre et ce durant 7 nuits, au lieu-dit Dukati, sur la Commune de Cēsvaine, propriété de la famille des Barons Von Kahlen de Graši, ont été "soi-disant" aperçues des manifestations inexplicables par les serviteurs de Monsieur le baron qui à ce moment-là se trouvait en voyage d'affaires à Baden-Baden. Le Pasteur Herman en relata les faits : une lumière étrange sous le grand chêne, une voix étrange, des loups hurlants et les cloches de nos églises carillonnant seules.

Après un autre long silence, Ivars posa la lettre sur la table, recula sa chaise et regarda vers le plafond. En prenant le même air solennel qu'à son arrivée, il dit :

— Il ne s'est rien passé, cela est le fruit de l'imagination de petites gens sans culture, sans éducation, qui s'inventent des mises en scène pour mettre en valeur la sorcellerie qui a toujours cours dans notre paroisse et particulièrement dans nos campagnes… Voici Hans, voici Mara, ce que j'écrirai sur le rapport que me demande mon évêque."

Et sur ce, il se leva, nous salua et se retira la tête basse, sans nous regarder…

Mémé Mara se tut un long moment. Elle tenait

toujours son mouchoir blanc dans sa main droite, ce mouchoir qui lui servit à essuyer ses larmes tout au long de son récit qui dura une bonne partie de l'après-midi. Ina était toute exténuée, épuisée. Je pense que c'est la première fois qu'elle avait pu écouter "l'histoire" de sa grand-mère jusqu'au bout. Un grand silence nous envahit tous les trois. J'avais au moins vingt pages de notes. Allais-je pouvoir me relire tant j'étais tremblant, emporté par le récit de Mémé Mara qui n'en pouvait plus de parler :

— Puis-je avoir un verre d'eau s'il vous plaît ?

— Mais bien sûr ! Allons au petit salon, Ilita nous servira une limonade.

Et à petits pas, Mara s'appuyant sur l'épaule de sa petite-fille Ina, nous nous dirigeâmes tranquillement vers l'entrée du manoir.

Pendant que nous nous désaltérions, Mara me dit :

— Vous savez, Cher Monsieur, si je suis revenue à Graši après tant d'années, c'est un peu par nostalgie bien sûr, malgré toute la souffrance que nous avons endurée ici, mon mari et moi. Cette souffrance qui nous a aussi ouvert les yeux... Non, le collectivisme n'est pas possible... les Hommes sont trop différents et il faut de tout pour faire un monde. C'est un rêve, il faut que cela reste un rêve qui peut, bien entendu, servir d'aiguillon de temps en temps car les Hommes auraient naturellement trop tendance à devenir individualistes et égoïstes, mais c'est tout... Sinon, le rêve se transformera à nouveau en cauchemar. Me sentant vieillir, si aujourd'hui j'ai fait l'effort de revenir à Graši malgré mon grand âge, c'est surtout pour vous prévenir : vers le 8 novembre 2033, à la tombée de la nuit, la Dame Blanche reviendra au pied du grand chêne de Dukati..., n'oubliez pas ! Le 8 novembre 2033 et durant plusieurs nuits...

Et Mémé Mara et sa famille repartirent aussi discrètement qu'elles étaient venues, comme de vraies Lettones qu'elles sont.

Vous en savez maintenant autant que moi. Vous en penserez ce que vous voulez, mais moi je me sens bien plus léger. La suite sur "Ad Vitam Æternam"

Jean AMBLARD, l'an de grâce 2005

Grašu Baltā Dāma (langue lettone)

Lūk, patiess stāsts, kuru es dzirdēju no droša avota: kādas latviešu vecmāmiņas vārdā Māra, kura glabāja pie sevis šo noslēpumu gandrīz piecdesmit gadu, nekad tā arī neatrodot kādu klausītāju, kurš viņu par to neizsmietu, izņemot kādu francūzi... mani. Šonedēļ man tika tā laime šo stāstu izstāstīt.

Četri mazbērni viņu pavadīja līdz pat Grašiem, mazs svētceļojums pa pagātnes pēdām, joprojām svaigām viņas nevainojamā atmiņā. Kļuvusi par atraitni pietiekami jauna, viņa pašlaik dzīvo Rīgā, taču ir dzimusi Grašu ciematiņā 1918. gadā. Gadā, kad tika proklamēta Latvijas Republika. Viņa tur palika līdz pat 1989. gadam.

Redzot, ka viņas priekšlikums pastāstīt savu „stāstu" manī izraisa tik lielu interesi, ka es ātri uzsteidzos augšā savā birojā, lai samaklētu kaut ko, kur pierakstīt, vecmāmiņa Māra sāka raudāt no prieka un atvieglojuma: „Katru reizi, kad mēģināju pastāstīt šo stāstu, pie tam patiesu (es pati biju viena no tā galvenajām dalībniecēm), visi apkārtējie mani uzlūkoja par pagasta raganu. Beidzot kāds ir ar mieru mani klausīties! Paldies, paldies!"

Redzot, ka viņa uzsāk savu stāstījumu, kuru viena no viņas mazmeitiņām tulkoja angliski, izskatījās, ka viņas ģimene klusībā pie sevis nodomā: „Atkal sākas! Viņa cels gaismā savu „stāstu"! Turklāt šoreiz viņa ir atradusi kādu muļķi, kurš būtu ar mieru tajā klausīties... tas nekad nebeigsies!"

Tātad pārējie trīs nolēma mūs atstāt tur pat un paši uzsāka pastaigu pa ciematiņu. Es pabrīdināju mazmeitiņu Inu, ka es īsti labi nesaprotu angliski: „Kad redzat, ka es nesaprotu, mēģiniet pateikt teikumu mazliet vienkāršākiem vārdiem." Viņa labi spēlēja šo spēli. „Thank you very much, dear Ina!" Sēžot lielo ozolu ēnā uz kāda no masīvajiem pils parka soliem ar vecmāmiņu Māru vienā pusē un Inu otrajā, lūk, mēs dodamies pus gadsimtu senā pagātnē.

„Tas bija 1958. gadā kādā ļoti tumšā novembra naktī, precīzi 8. novembrī. Naktī bez mēness, kad vienīgi grants šņirkstēšana zem apaviem kalpoja par ceļa rādītāju. Bija mitrs, ne pārāk auksts gadalaikam. Mēs atgriezāmies mājās noguruši pēc garās darba dienas sovhoza kūtī. Visas 120 brūnaļas bija jāslauc ar rokām, mīļais kungs! Mēs zinājām, ka eksistē mašīnas, bet pie mums tas bija nožēlojami! Redziet kādā stāvoklī ir manas rokas, reimatisma, kas man liek tik ļoti mocīties, deformētas. Jā, tas man liek tik ļoti mocīties... Mans vīrs Hans, lai miers viņa dvēselei, nabadziņš... Vācisks vārds? Kāpēc? Ziniet, mīļais kungs, visu to iebrucēju dēļ mūsu valstij reizēm bija zināmas grūtības saglabāt savu identitāti...

Ko tad es teicu? Ak, jā, Hans un es, mēs atgriezāmies Grašos. Mēs dzīvojām tajā mazajā mājiņā, kurā mana meita vadīja pārtikas preču veikaliņu. Tā mazā mājiņa aizmugurē, kurā, jūs man teicāt, ka Fonds grib izveidot kapelu. Mans Dievs... kapela manas mājas vietā... kurš gan būtu tam ticējis tajos laikos! Man tajā mājā ir tik daudz atmiņu, labas un ne tik labas... Un kāda kapela? Luterāņu? Ortodokālā reliģija ? Ak, nē? Tātad katoļu! Ak, tā!

Īsāk sakot, kur tad es īsti paliku? Ak, jā, tā slavenā nakts, kas apgrieza kājām gaisā manu dzīvi un pat lika uz spēles mūsu kopdzīvi manas vainas dēļ... nabaga Hans, viņam tā dēļ bija jācieš... tā bija mana vaina... es viņam neticēju...

Mēs bijām gandrīz sasnieguši mājas, kad pēkšņi izdzirdējām vilku baru, kas dzīvoja tur uz Ziemeļiem no Dukātiem, sāka gaudot tā, ka asinis stinga dzīslās. Dīvaini, dīvaini... tā bija pirmā reize, kad kaut kas tāds atgadījās naktī bez mēness...

Hans man teica: „Skaties, mīļā!" Jā viņš mani sauca par mīļo, nabadziņš... „Skaties, tur uz Ziemeļiem no Dukātiem! Es redzu savādas krāsas atblāzmu mežmalā, tādu kā dīvainas krāsas liesmu. Tā nav uguns, gaisma ir balta un pārvietojas..."

Tajā brīdī es nevarēju neko īpašu izšķirt. Man acī bija mieža grauds, kas dedzināja, tādēļ es redzēju mazliet neskaidri. Bet tas, ko atceros ir balss. Mans Dievs, tā balss... man vēl tagad drebuļi skrien pār kauliem! Kāda dīvaina sievietes balss, reizē maiga un spēcīga... balss, kas likās nākam no citas pasaules. Kā atbalss, kas izplatījās pa visu mežu. Maiga balss, kas jaucās ar nepārtrauktām vilku gaudām, kuras papildināja visa pagasta suņu rejas. Viss kļuva tik dīvains. Man bija bail, ļoti bail... es trīcēju pie visām miesām. Mazliet vēlāk, ieklausoties tā uzmanīgāk, es sapratu, ka šī balss sauc manu vīru: „Hans, Hans, tu esi atgriezies, tu esi šeit! Hans, atbildi man..."

Mans vīrs nobālēja un bez mitas atkārtoja: „Es nepazīstu šo balsi. Kas ir šī sieviete? Kā viņa mani pazīst? Es nesaprotu, tā ir kāda kļūda."

Valdīja baismīga atmosfēra. Līdz pat tam brīdim, kad aptvēru, ka balss sauc manu vīru, es uztraukta spiedos viņam klāt, bet te pēkšņi es reaģēju ļoti krasi un viņu atgrūdu. „Hans, saki man taisnību! Tu mīli citu sievieti? Kas tas par teātri? Ja jūs abi meklējat, kā atstāt uz mani iespaidu, tad esat nošāvuši garām!"

Nabaga, Hans, lai miers viņa pīšļiem, viņš man tomēr vēlāk piedeva. Nabaga Hans. Tā balss, kas nebeidza savus mēģinājumus mūs šķirt un tie vilki un suņi! Turklāt man likās, ka dzirdu skanam zvanus no Kārzdabas, varbūt pat no Liezēres un Grašu kapsētas kapelām. Varbūt arī Kraukļu vai Cesvaines? Vai visus? Nezinu teikt... Sašutusi es skrēju uz mājām un pirmā ieskrēju iekšā, aizcirzdama durvis Hansa deguna priekšā. Pilnīgi satriekta par to, kas norisinājās ārā, es viņam raudot kliedzu: „Tā sieviete tevi sauc! Ko tu gaidi? Ej viņai pievienojies mežā! Tu neredzi, tu nedzirdi? Viņa tevi mīl. Es viņu saprotu. Tas taču redzams: viņa tevi mīl!" Nabaga Hans, lai miers viņa dvēselei..."

Ina pārtrauca tulkojumu, jo viņas vecmāmiņa raudāja rūgtas asaras. Viņa tai teica kaut ko latviski. Es nesapratu, bet domāju, ka viņa piedāvāja pārtraukt stāstījumu. Šīs atmiņas viņu pārāk saviļņoja... Bet Māra dažas sekundes vēlāk, pēc tam, kad bija nosusinājusi savas sarkani sarauddātās acis, izskatījās, ka saka: „Nē, šoreiz jūs mani neapklusināsiet. Es beidzot esmu atradusi kādu, kurš manī klausās! Es turpināšu." Arī Inas acis bija mitras... un, atklāti sakot, šis stāsts sāka aizkustināt arī mani. Jutos mazliet neērti, ka viņa man uztic šo stāstu, kas līdz pat šim brīdim man nelikās pārāk personīgs...

Vecmāmiņa Māra noklepojās, lai atgūtu balsi, un atsāka: „Hans palika sēžam uz mājas sliekšņa, glaudot suni, kurš līdz pat šim brīdim bija gaudojis tik pat daudz, cik pārējie, bet, redzot savu saimnieku tik mierīgu, apklusis. Es sāku no jauna: „Hans, ej projām! Ej pie viņas! Tu taču neatstāsi viņu visu nakti tevi tā saucam? Skaties, visi kaimiņi ir pie durvīm. Es tevi lūdzu, Hans, ej, lai viņa, šī staigule, beidzot apklust!" Un mans nabaga Hans galīgi sašļucis attālinājās no mājām. Es viņu neredzēju vismaz kādas divas vai trīs nebeidzami garas stundas.

Mūsu suns sāka gaudot kā negudrs. Es nevarēju un nemaz negribēju gulēt. Biju stingri nolēmusi Hansu vairs iekšā nelaist. Viņš ne tikai mani krāpa nezin cik ilgu laiku, bet tad vēl tā trakā bija iestudējusi veselu teātri, lai padarītu mani par apsmieklu visa sovhoza, ar kuru man nākamajā dienā būs jāstrādā, acu priekšā. Es jau iedomājos skatienus un smīnus... nē, ar to bija cauri, es vairs viņu negribēju!

„Viņš mani ir kārtīgi piemuļķojis sakot „Māra, mana mīļā, es esmu mīlējis tikai tevi! Manas jūtas nav mainījušās par spīti laikam un ne visai jaukajai dzīvei, kuru mēs te dzīvojam." Ak, nekrietnelis tāds! Viņš mani ir piemuļķojis!" es atkārtoju pie sevis kopš viņa došanās prom uz mežu, kur viņu gaidīja šī nekauņa, šī trakā, šī burve, kura bija izgudrojusi visu šo grotesku, kas lika no smiekliem gaudot vilkiem, Dukātu suņiem un bez šaubām visiem kaimiņiem...

Bet pēc divām stundām Hans atgriezās un raudot klauvēja pie durvīm: „Māra, Māra, es tevi lūdzu, atver, mīļā!" Nabaga Hans, viņš tā cieta šī stāsta dēļ! Taču viņš man piedeva, bet tajā brīdī es nebiju pierunājama. Es viņam vairs neatvēru...

Es nodzēsu mazo lampiņu mūsu istabā, kuras logi bez aizkariem atradās tuvu ārdurvīm Austrumu pusē. Mans vīrs mēģināja šņukstot kaut ko nesaprotamu paskaidrot... viņš neatlaidīgi atkārtoja durvju priekšā: „Man bail! Šis Hans, kuru viņa sauc, neesmu es! Es neko nesaprotu. Tas ir īsts murgs! Viņa runā par baronu, pili, kapelu... tas Hans neesmu es..."

Es biju tā nokaitināta, tik sašutusi, ka es pat nemēģināju klausīties viņa paskaidrojumos. Viņš atsāka no jauna: „Man ir bail! Māra, atver! Šī sieviete ir spoks. Viņa pārvietojas bez iešanas un ir ieskauta baltā gaismā. Viņa nav īsta. Viņa bez apstājas man atkārtoja: „Saki, manu drosminiek, kur ir mans mīļotais Hans, vai viņš ir atgriezies no kara? Viņš ir sava tēva pilī vai Grašu kapelā?""

Pēkšņi, kamēr Hans caur asarām mēģināja pastāstīt to, kas noticis, joprojām klauvējot pie durvīm, man pēkšņi ienāca prātā: „Bet kā viņš var runāt par Barona dēlu Hansu? Viņš taču nezin Grašu vēsturi." Mans vīrs Hans runāja lietas, par kurām viņam nebija pilnīgi nekādas jausmas! Kā īsts komunists, kārtīgi „izskolots", kāds viņš patiešām bija, viņš vienmēr bija atteicies klausīties šī ciematiņa, kurš piederēja vācu aristokrātijai, vēsturē. Es to labi pārzināju. Mans tēvs, kurš bija vagars pie pēdējā barona, man un manai māsai slepenībā pastāstīja visu Grašu Kahlenu ģimenes vēsturi. Vienu no dzimtas pārstāvjiem patiešām sauca par Hansu. Viņš pazuda ļoti jauns, šķiet, ka 30 gadu vecumā, turklāt pavisam dīvainos apstākļos. Es precīzi neatceros, bet liekas, ka tas bija pirms simt vai simtu piecdesmit gadiem. Bet par spīti jautājumiem, kas man nelika miera, biju tālu no tā, lai ticētu šiem pekstiņiem, bez šaubām viņa mīļākās izgudrotiem.

„Burve! Jā! Kāds tur spoks! Tā meitene ir patiešām traka," es domāju, paliekot tumsā un nesakot ne vārda. Hans turpināja vaidēt aiz durvīm. Vilki un suņi jau kādu laiku bija pieklusuši, zvani un trakā arī. Viss bija kļuvis mierīgs.

Pēc kādas pus stundas es sāku pārdomāt. Varbūt viņš saka taisnību? Bez tam, ja es viņu atstāšu ārā, viņš būs slims. Saša, sovhoza direktors, neieredz mūs ne acu galā. Viņš mums sagādās nepatikšanas... un es nolēmu atvērt Hansam durvis. Ienākot viņš no jauna sāka raudāt un metās man ap kaklu. Viņš trīcēja vai nu no aukstuma, vai no bailēm, varbūt pat no abiem. Es viņam uzsildīju tēju. Nekad nebiju redzējusi savu vīru, ne pie tam kādu citu, tādā stāvoklī. Maz pamazām viņš nomierinājās, bet viņa seja bija izmainījusies, kā nopērtam sunim. Tukšu skatienu viņš apsēdās galda galā, sašļucis, galvu rokās atbalstījis. Izskatījās, ka viņš būtu redzējis pašu velnu. Viņš sāka stāstīt, stāstīt... stundām ilgi...

Vēl ilgus gadus pēc tam Hans par to runāja tikai ar mani. Viņš nesaprata neko no tā, kas bija noticis. „Bet tomēr," viņš teica, „tās nebija halucinācijas! Visi kaimiņi, kas redzēja atblāzmu dzirdēja Balto Dāmu, zvanus un vilkus, arī viņi nav neko sapratuši no tā, kas notika.... un jo mazāk to, kas notika ar mani... bet kaut kas taču notika! Es vēlos saprast. Es taču neesmu sajucis prātā. Un tas viss, ko man stundām ilgi stāstīja šī... kas starp citu? Tā bija īsta sieviete, mirāža, malduguns? Es vairs nevaru..." Nabaga Hans, viņš man tomēr piedeva.

Gadiem ilgi mēs mēģinājām aizmirst. Bet kā to var

aizmirst? Tas nebija iespējami. Vienīgais atrisinājums bija mēģināt saprast. Kā lai dabū informāciju par Grašu vēsturi? Padomju laikos nebija iespējams atrast dokumentus, kas mums varētu palīdzēt labāk saprast to, kas bijis šis barons Hans, kurš tik pāragri pazudis tieši tajā laikā, kad liktenis viņu veda pretī spožai militārai karjerai vācu kavalērijā. Gandrīz visi, ja ne visi, dokumenti bija iznīcināti.

Tikai dažus gadus vēlāk, kad mana draudzene Aiva, kurai es biju uzticējusi šo grūti glabājamo, bet īpaši, neizskaidrojamo, noslēpumu, man pačukstēja, ka viņas tēvam, kurš dzīvoja Kraukļos, piederēja manuskripts, kas atspoguļoja Grašu Kahlenu ģimenes atmiņas. Bet tas bija sarakstīts vāciski. Varbūt tas mums palīdzēs labāk saprast? Vajadzēja būt piesardzīgiem, jo, ja kāds no milicijas mūs piekertu ar šo grāmatu, viņš to nodotu KGB, un tad mēs būtu nolemti Sibīrijai vai vēl ļaunāk... bet mēs tik ļoti vēlējāmies saprast, ka uzņēmāmies šo milzīgo risku.

Kādu nakti mēs ar Hansu devāmies pāri laukiem pie Aivas vecākiem, un dažas stundas vēlāk atgriezāmies ar slaveno manuskriptu, kuru tagad vajadzēja atšifrēt. Bet kurš varētu mums palīdzēt?

Dažas dienas vēlāk man prātā iešāvās lieliska ideja: un ja nu es par to parunātu ar Cesvaines mācītāju? Viņš vismaz, tas nu ir droši, mūs nenodos. Bet vai viņš būs ar mieru? Mēs zinājām, ka viņš ir studējis vācu luterāņu baznīcas krēslā. Bet kā to lai izdara? Viņš arī riskētu ar Gulagu. Mēs ar Hansu tajā laikā īpaši bieži neapmeklējām ne tās vietas, ne tos ļaudis... izņemot... jā! Mana skolas laiku draudzene Marta, kas strādāja Cesvaines padomē un arī rūpējās par baznīcas saimniecību! Ja es uzdrošinātos viņai palūgt, viņa varētu parunāt ar mācītāju, kurš varbūt mums palīdzētu. Sacīts, darīts!

Tātad kādu vakaru mēs ar Hansu ielūdzām ciemos mācītāju tā, lai mūsu kaimiņi par to neko neuzzinātu. Risks bija liels. Mācītājs Ivars bija patiešām jauks cilvēks. Un labi gan, ka mūsu stāsts viņam likās tik jocīgs. Pēc mežonīgas smieklu lēkmes, kas, tas man jāatzīst, mūs nedaudz aizvainoja, viņš apsēdās pie galda un teica, lai mēs parādot manuskriptu. Hans devās to sameklēt pagrabā zem kartupeļu kaudzes. Ļoti ātri, sekojot ģimenes vēsturei nodzeltējušajās lapās, viņš nonāca pie zināmās 18. gadsimta beigu ģimenes un tieši pie Hansa. Barona trešais dēls 1808. gada 8. novembrī tika iesaukts krievu armijā, lai nekavējoties uzņemtos vienības, kura pašlaik atradās Rīgas arsenālā, vadību. Un tas brīdī, kad viņš iepazinās ar vēstules tekstu, kuru viņam nogādāja tās pašas vienības jātnieks.

Bet šis jātnieks uzradās tieši tajā brīdī, kad Hans iegāja Grašu kapelā radu un draugu pūļa vidū, kur viņu gaidīja Hansam apsolītā Līga, lai abi varētu savienot savus likteņus Dieva priekšā... Hansam tajā pašā brīdī, kad viņš izlasīja pavēsti, bija jāpamet paša laulību ceremonija. Tā bija pēdējā reize, kad ģimene, šim gadījumam par godu sapulcējusies, redzēja Hansu, kurš pazuda kādā īpaši asiņainā kaujā. Viņa līķi tā arī nekad neatrada. „Bet..." un tad mācītājs nobālēja un nogaidīja labu brīdi pirms turpināja teikumu, „un tātad, šī Baltā Dāma? Vai tik tā nebūs Līga? Nē, tas nav iespējams, es neticēšu visiem šiem pekstiņiem. Nē, es neticēšu spoku stāstiem, nē, nē... tā ir tikai māņticība. Nē, būsim nopietni, mana reliģija man to aizliedz... es taču nevaru ticēt tam visam."

Kamēr mācītājs nerimās šausmināties par savu

atklājumu, Hans sāka justies labāk... un es arī... Nē, Hans nekad nebija mani krāpis! Nē, viņam nerādījās halucinācijas. Un pat tad, ja mācītājs Ivars sēdēja kā bez valodas aiz šausmām par savu atklājumu, mēs izjutām milzīgu atvieglojumu. Hans beidzot atkal uzdrošinājās man skatīties tieši acīs, kā viņš to bija pieņēmis darīt kādreiz, lai mani savaldzinātu, pirms šis notikums tam pielika punktu. Šis stāsts gadiem ilgi bija mūs nomocījis un izsmēlis pēdējos spēkus. Pat mana meita, kas dzīvoja kopā ar mums no tā daudz cieta. Jo, ja es būtu bijusi ar mieru ticēt savam vīram, tas izgaisinātu daudz šaubu un aizdomu. Bet tagad... tā bija visīstākā laime, kas atgriezās. Es nebiju tālu no tā, lai pajautātu Cesvaines mācītājam Ivaram, cikos būs nākamās svētdienas dievkalpojums viņa mājās.

Vienīgi krievu pareizticīgā baznīca bija partijas atļauta. Visas pārējās tika piekoptas slepenībā, tātad pa naktīm privātmājās... bet nē, nevajag taču pārspīlēt, mēs bijām komunisti, vismaz tajā laikā, un nekādas runas par pievēršanos citām idejām... propaganda to bija stingri aizliegusi.

Ivars nepavisam nejutās nomierinājies: „Rītvakar es atgriezīšos un mēs mēģināsim sākt visu no sākuma. Es visu pierakstīšu, man ir kāds draugs, kurš strādā par vēsturnieku Berlīnes luterāņu teoloģijas universitātē. Es viņam nosūtīšu vēstuli, lai viņš varētu sākt meklējumus. Es nevaru, es negribu pamest šo stāstu pusratā. Mums jāatrisina šī lieta. Tur ir jābūt kādam racionālam izskaidrojumam."

Viņš atgriezās pie mums nākamajā vakarā, aiznākamajā un pat trešajā. Bija jau pēdējais laiks, jo ilgstošais bezmiegs sāka mūs nopietni novājināt. Jau tajā laikā manas rokas man sagādāja lielas sāpes, īpaši ziemā. Man bija jāizslauc 12 govis katru rītu un vakaru! Un, ja kāds nebija darbā, mums bija jāpadara viņa darbs. Hans piederēja pie tiem, kas rūpējās par lopiņu barošanu. Bija jāpabaro visas 120 govis ar pliku sienu. Jā, 120, mīļais kungs! Un mums nebija modernu mašīnu kā tagad. Lai gan, vai tagad ir labāk? Protams, sovkozā bija daudz ļaužu. Tur bija jābūt ap simts strādnieku. Galu galā, kad es saku strādnieki, es domāju strādniekus, kas bija uz vietas, bet tikai izlikās, ka strādā... bet tie, kas bija pie slaukšanas... bija kārtīgi jāizslauc govis divas reizes dienā. Tur nu mēs nevarējām krāpties! Tātad trīs negulētas naktis pēc kārtas... tas nav vārdos izsakāms.

Hans visu izstāstīja Ivaram, visu. „Es devos augšup pa Dukātu ceļu pretī tai dīvainajai gaismai, kura pēc pārvietošanās mežā apstājās nedaudz šaudoties pa lielās pļavas klajumiņu apmēram 100 metrus aiz cūku kūts. Es jutos kā nohipnotizēts un bez sajēgas devos uz priekšu. Vilki gaudoja, suņi arī. Es dzirdēju skanam zvanus no visām pusēm, bet man nebija bail. Es devos tieši turp. Bija pilnīgi tumšs, tikai gaisma mežā un balss, kas neatlaidīgi turpināja mani saukt, rādīja man ceļu... ierodoties kādus 10 metrus no lielā ozola mežmalā, es beidzot ieraudzīju Balto Dāmu. Viņa riņķoja ap koku, lēnām, bez iešanas, tā it kā viņa lidotu mazu gabaliņu virs zemes. Viņa bija izgaismota, galu galā, es nezinu... viņa spīdēja, jā, tieši tā, viņa spīdēja pati par sevi, bet ne jau žilbinoši, nē, drīzāk gan kā balta gaisma, miglaina, bet patīkama, nomierinoša. Jā, nomierinoša. Viņai bija gara kleita ar vairākus metrus garu trēnu, kas neķērās pat aiz ērkšķiem, bet tas mani neuztrauca. Ļoti skaista, balta, mežģīņota kleita, es nekad agrāk nebiju redzējis tik skaistu. Viņas gaišie kastaņbrūnie mati bija pārklāti ar garu plīvuru no tādām pašām mežģīnēm kā kleita, kas saplūda ar trēnu. Labajā rokā viņa turēja mazu pušķīti no baltām puķēm. Viņa uz mani pat nepaskatījās un turpināja saukt: „Hans, mans mīļotais, vai tu te esi? Tu esi atgriezies?"

Es piegāju mazliet tuvāk, tikai divus metrus no viņas, bet viņa joprojām neskatījās uz mani. Tikko kā viņa no jauna iesaucās, es atbildēju: „Es esmu šeit!"

Šajā brīdī viņa mitējās riņķot ap koku un pagriezās pret mani, un, tā it kā būtu uz slidām, ieslīdēja šūpolēs, iekārtās kādā no vecā ozola zariem. Viņa kādu brīdi skatījās manī. Es nezināju smaidīt vai nē... es paliku viņas skaistuma apstulbināts, viņas jaunības, viņas tik smalko vaibstu... viņas skatiena apburts. Tas nu bija droši, tā bija īsta latviete!

Viņa man pievērsās, graciozi šūpojoties šūpolēs, bet ne visai augstu, tikai vienu vai divus metrus. „Paklau, tu, vai tu gadījumā neesi manījis Grašu baronu Hansu? Viņš ir atgriezies sava tēva pilī vai kapelā?"

„Es nesaprotu, es esmu Hans. Grašos, pat ne tuvākajā apkaimē, nav cita Hansa."

„Hans ir mans nākamais vīrs. Viņš man teica: „Mana mīļotā, man pavisam noteikti nekavējoties jādodas projām, mana tēvzeme ir briesmās. Es tev apsolu drīz atgriezties, un mēs apprecēsimies..." Tagad es viņu te gaidu, zem šī ozola, kur mēs tikāmies katru reizi, kad viņš atgriezās Grašos. Zem šī ozola, kur mēs viens otru esam tik ļoti mīlējuši un kopā tik daudz sapņojuši."

Es jautāju: „Bet kad jūsu Hans devās projām? Kāds karš? Tagad vairs nav karu."

„Es vairs nezinu, ir pagājis tik daudz laika... es viņu gaidīju kapeliņā. Viņam vajadzēja ienākt pēc tam, kad zvani un arfas sāktu spēlēt. Visam bija jāsākas. Bet pēkšņi es viņu ieraudzīju ieskrienam, galīgi aizelsušos, man sakot, man sakot, ka viņš saņēmis pavēsti no armijas ģenerāļa. Viņš man apsolīja ātri atgriezties... kopš tā laika es viņu gaidu... ja arī šoreiz viņš atkal neatnāks, es varēšu atgriezties tikai pēc 75 gadiem. Šī ir otrā reize, kad es atgriežos..."

Viņa uzmeta man īsu skatienu un atsāka savu vieglo riņķojumu ap koku, un vilki sāka gaudot... es tur paliku ļoti ilgu laiku, uz viņu skatoties. Viņa bija tik skaista, tik... es nevaru atrast vārdus. Ir kāds vārds, lai to izteiktu? Es nezinu, cik daudz laika es paliku nekustīgi stāvot kājās un viņu vērojot, pilnīgi noburts. Bet nekas nenotika: viņa riņķoja, atkārtojot vienu un to pašu kā veca skaņu plate. Beigu beigās es nolēmu atgriezties mājās; es pagriezos un devos projām, bet viņa to pat nepamanīja. Viņa uz mani neskatījās, tā it kā es nemaz neeksistētu. Pat attālinoties es viņu dzirdēju tik pat labi kā tad, kad biju divus metrus no viņas... viņa bija tik skaista...

Vairākas naktis pēc kārtas tās pašas parādības atsāks stundām ilgi."

Tas, kā Hans par viņu runāja, mani padarīja mazliet greizsirdīgu. Bet es zināju, ka viņš mani nav krāpis. Mācītājs Ivars īsi pierakstīja visu to, ko Hans viņam stāstīja. Vārdu pa vārdam, nešauboties liekot vairākas reizes atkārtot tos pašus teikumus, kurus pats pierakstīja.

Viņš mūs atstāja. Mums bija jāgaida apmēram trīs mēnešus, līdz beidzot mana draudzene Marta kādu vakaru atnāca pie mums uz mājām, lai pateiktu, ka mācītājs saņēmis vēstuli no Berlīnes un ka viņš iegriezīsies pie mums sestdienas vakarā.

Nākamajā sestdienā, kā norunāts, Ivars ieradās mājās tikko kā iestājās nakts, tieši brīdī, kad mēs devāmies prom no galda. Viņam bija svinīgs paskats; mēs steidzāmies ātri ieiet un apsēsties Sarmītes, mūsu meitas, kura nodarbojās ar valsts pārtiku, labi sasildītajā virtuvē. Viņa tur dzīvoja dienu un nakti, jo veikals bija atvērts 7 dienas nedēļā visa gada garumā. Trīs cilvēki viens otru aizvietoja, lai to uzturētu, bet mana meita, kura bija atbildīgā, mitinājās uz vietas, kas mums atļāva dzīvot kopā a viņu mazā, taču ziemas laikā siltā dzīvoklītī.

Īsāk sakot, pēc paraduma labi iekārtojies galda galā, viņš ieslidināja roku zem krekla, iepriekš atpogājot divas pogas, un izvilka pelēku aploksni bez markas ar sarkanu vaska zīmogu virsū.

„Drošības dēļ," viņš mums teica, "šī vēstule ceļoja pa slepenu baznīcas locekļu dibinātu tīklu. Viena šāda KGB atvērta aploksne un nākamajā dienā es atrastos vagonā Sibīrijas virzienā, bez cita tiesas sprieduma kā vienkāršas partijas likumu nolasīšanas."

Viņš riņķoja kā kaķis ap krējuma podu, tā arī neķeroties pie lietas, kuras dēļ bija atnācis. Pēc kāda laiciņa viņš beidzot izšķīrās: „Šis ir ārkārtīgi delikāts temats mūsu mātes baznīcas acīs... delikāts... delikāts... kā to lai pasaka. Šie fakti nav atzīti, tie neeksistē, tie nav atzīti..."

Mēs nesapratām neko no tā, ko viņš teica. Neskatoties uz to, ka viņš pats kādus mēnešus atpakaļ bija mūsos uzmanīgi klausījies, bija visu pierakstījis, un lūk, tagad viņš mums saka, ka nekas no tā nav eksistējis? Hans un es, mēs viens uz otru skatījāmies mazliet apstulbināti. Bet pēc ilga klusuma brīža viņš beidzot atsāka: „Bet tomēr... bet... par laimi man ir draugi. Īsti. Kuri, par spīti visiem aizliegumiem, tomēr ir mēģinājuši saprast un paši saviem spēkiem meklējuši. Ne jau Vidzemes arhīvos, jo tie vairs neeksistē, viss ir sadedzināts, viņi meklēja luterāņu baznīcas arhīvos Vācijā." Un viņš sāka lasīt vēstuli:

„1883. gadā tas sākās 8. novembrī un turpinājās septiņas naktis Cesvaines pagastā vietā sauktā par Dukātiem. Grašu Kahlenu ģimenes īpašumā tika, tā sakot, redzētas neizskaidrojamas parādības no Barona kunga, kurš tai brīdī atradies darījumu braucienā Bāden Bādenē, kalpotāju puses. Mācītājs Hermanis izklāsta faktus: dīvaina gaisma zem lielā ozola, savāda balss, gaudojoši vilki un mūsu baznīcas zvani zvana paši no sevis.

Pēc vēl viena gara klusuma brīža Ivars nolika vēstuli uz galda, piecēlās, atstumjot krēslu. Skatīdamies griestos ar tādu pašu sejas izteiksmi kā ierašanās brīdī, viņš teica: „Nekas nav noticis, tas ir ļautiņu bez jebkādas kultūras un izglītības iztēles augļi, kuri izgudrojuši šāda veida pasaciņas, lai pievērstu uzmanību savām burvestībām, kuras vienmēr bijušas dzīvas viņu vidū, īpaši mūsu pagastā... lūk, Hans, Māra, tas, ko es rakstīšu ziņojumā bīskapam." To pasakot viņš atsveicinājās un aizgāja nodurtu galvu uz mums pat nepaskatoties.

Vecmāmiņa Māra apklusa uz labu brīdi. Viņa joprojām turēja savu balto kabatlakatiņu labajā rokā. To pašu kabatlakatiņu, kuru viņa lietoja, lai nosusinātu asaras, kas plūda pār viņas vaigiem visa stāsta garumā, kas ieilga līdz pat vēlai pēcpusdienai.

Inas spēki bija izsmelti. Es domāju, ka šī bija pirmā reize, kad viņa varēja noklausīties savas vecmāmiņas „stāstu" līdz pat beigām.

Iestājās ilgs klusuma brīdis. Es biju pierakstījis vismaz 20 lapaspuses. Vai es varēšu salasīt paša rakstīto? Tik ļoti man trīcēja rokas Māras kundzes, kura vairs nevarēja parunāt, stāsta iespaidā.

„Vai es, lūdzu, varētu dabūt glāzi ūdens?"

„Bet, protams! Ejam uz mazo viesistabu, Ilita mums pasniegs limonādi." Un lēniem soļiem, atspiezdamās uz savas mazmeitiņas pleca, Māra un Ina devās man līdzi uz pili.

Kamēr mēs atveldzējāmies, Māra man teica: „Ziniet, mīļais kungs, ja es esmu atgriezusies Grašos pēc tik gariem gadiem, tad tas, protams, ir mazliet nostaļģijas dēļ... neskatoties uz visām tām ciešanām, kuras mēs, mans vīrs un es, esam šeit pārcietuši. Šīs ciešanas, kuras mums arī atvēra acis... nē, komunisms, tas nav iespējams... cilvēki ir pārāk dažādi, un vajag visu, lai veidotu pasauli. Tas ir sapnis, tam tādam arī jāpaliek. Sapnis, kurš laiku pa laikam var kalpot par dzinuli, tāpēc ka cilvēkiem, dabiski, ir pārāk liela tendence kļūt par individuālistiem un egoistiem, bet tas arī viss... pretējā gadījumā sapnis no jauna pārvērtīsies murgā. Taču, ja es šodien pieliku pūles, lai par spīti manam lielajam vecumam atgrieztos Grašos, tad galvenokārt tas ir tādēļ, lai jūs brīdinātu: 2023. gada 8. novembrī un tā vēl septiņas dienas, tikko kā iestāsies nakts, Baltā Dāma atgriezīsies pie lielā ozola... neaizmirstiet! 2023. gada 8. novembrī!" un vecmāmiņa Māra ar savu ģimeni devās prom tik pat neuzkrītoši kā ieradušies, kā īsti latvieši, kādi arī viņi bija.

Dažas dienas vēlāk, es skatīju manas piezīmes un domāju...nu ko? Tas nav noslēpums. Tas ir stāsts, kuram grūti ticēt, kas, man šķiet, ir tā vienīgais trūkums. Bet, ja es būtu izvēlējies par to nerunāt, es gadiem ilgi paliktu ar smagumu sirdī. Tātad es nolēmu jums uzticēt šo stāstu, lai to atkal atdzīvinātu tādu, kādu vecmāmiņa Māra man to pati pastāstīja.

Tagad jūs ziniet tik pat daudz, cik es. Domājiet, ko vēlaties, bet es jūtos krietni vieglāk!

Tulkoja: Zane Purmale (traductrice)

## The White Lady of Graši

Here is the story, the true story, which I have on good authority from a Latvian granny named Mara who kept the secret for nearly 50 years, never finding anyone who would listen to it without making fun of her, until she met a Frenchman..., myself.

I had the privilege of meeting her recently. Four of her grandchildren had come with her to Graši. It was a journey back to the scene of her younger days which she still remembered very clearly.

Widowed quite young, she now lives in Riga but was born in the hamlet of Graši in 1918, the year when the First Republic of Latvia was proclaimed. She lived there until 1989.

Seeing that I was very interested by her suggestion of telling me her story, seeing me run upstairs to my office to fetch pen and paper, Grandma Mara shed tears of joy and relief. "Everybody takes me for a witch whenever I try to tell this story, yet it is true. I was part of it myself. At last, someone ready to listen to me! Thank you for believing me. *Paldies, paldies!*"

Her relatives seemed to be thinking: "There she goes again! And now she's found a nitwit ready to listen to 'her story', it's going to take ages." But Ina, one of her granddaughters agreed nonetheless to translate her account into English, and the other three decided to leave us and go for a walk.

Sitting in the shade of some great oak trees, on one of the wooden benches of the Manor park, Grandma Mara on one side of me and Ina on the other, we started going back in time.

"It was in 1958, a very dark night in November, on the 8th precisely, a moonless night, when our only guide along the track was the crunching of the gravel under our hobnailed boots. It was damp, but not too cold for the season. We were going home after a long day's work at the sovkhoze. We had to milk each of the 120 brown cows by hand, cher Monsieur. We knew machines existed but they were not for us. Look at my hands, completely twisted by rheumatism, oh, how painful they are... My husband, Hans, God rest his soul, poor man... A German name? Why? You know cher Monsieur, our country has found it hard sometimes to keep its identity with all the invaders we've had to put up with... What was I saying? Ah, yes, Hans and me were on our way back to Graši. We were living in that little house over there, which you told me the Foundation plans to turn into a chapel. Dear God, a chapel instead of my house... who would have thought it possible at the time. I have so many memories, good and not so good, from those days. And what kind of chapel? A Lutheran one? Orthodox ? No? A Catholic one? Ah, I see.

So, where was I? Yes, that unforgettable night which was to turn my life upside down and even threaten our marriage. All my own fault... Poor Hans, how he suffered on my account. I just didn't believe him. All my fault...

We were almost home when suddenly we heard the pack of wolves that lived up there, above Dukati, beginning to howl. Strange, very strange... It was the first time that had happened on a moonless night... and Hans said to me: 'Look, darling'. Yes, he used to call me darling, poor dear... 'Look, at the top of Dukati I can see strange glimmers on the edge of the forest, a funny coloured flame, but it's not fire, it's a white light and it's moving about...'

As for me, I couldn't see too clearly at that point. My eyes were smarting with styes and everything was rather blurred. But what I remember is that voice, God, that voice... It still makes me shiver... A strange voice, a woman's voice soft and yet powerful, a voice that seemed to be coming from another world, like an echo filling the whole of the forest, a soft voice mingled with the constant howling of the wolves which set all the dogs of the area barking. It was all becoming very strange. I was frightened... My whole body was shaking. Then, listening more carefully, I realized that the voice was calling my husband: "Hans, Hans, you've come back, you are there, Hans, answer me!"

My husband was ill at ease and kept saying: «I don't know that voice. Who is that woman? How can she possibly know me? I don't understand, it's a mistake.» It was a harrowing situation. Up to the moment when I realized the voice was calling my husband, I had been huddling up to him for confort. But suddenly I reacted violently and pushed him away. «Hans, tell me the truth! You are in love with another woman! What's all this business? If the two of you are trying to frighten me, you won't succeed.» Poor Hans, God rest his soul, he did forgive me eventually. Poor Hans. And that voice which kept on trying to part me from my husband, and those wolves, and those dogs. Besides, I seemed to hear bells ringing, from Karzdaba and the abandoned chapel in Graši cemetery. Maybe also from Kraukli and even Cesvaine, or all of them! I can't say... Furious, I ran towards the house, went in first and shut Hans out. In tears, terrified by everything that was happening at the same time, I was shouting: «That woman is calling you, what are you waiting for? Go and meet her in the forest! Can't you see? Can't you hear? I can tell, anyone can hear it: she loves you!» Poor Hans, God rest his soul...

Ina stopped translating, because now her grandmother was sobbing away. She talked to her in Latvian. I did not understand but imagined that she was suggesting they could stop, that these memories were too upsetting... But after drying her reddened eyes, Mara seemed to be saying: "No, this time you won't stop me, at last I've found someone who is listening, I'm going on!" Ina too had tears in her eyes... and to tell the truth, I was also beginning to be moved by her story, and slightly uneasy because she was confiding a tale which at that point I felt was not for me to hear.

Grandma Mara gave a little cough, cleared her throat and went on: "Hans was sitting on the steps outside the house, stroking the dog who, until then, had been barking as loud as the others but had calmed down when he saw his master so quiet. But I kept on at him: «Hans, go away! Go with her, you are not going to let her call you like this all night! Look, all the neighbours have come out! Please, Hans, go! So she shuts up, that bitch!» And my poor Hans went away sheepishly. He didn't return for two to three hours that seemed endless. And our Suni started barking and howling again. I didn't want to sleep, anyway, I couldn't. I was determined not to let Hans into the house. Not only had he been cheating on me for God knows how long, but, besides, that mad woman had put on a show to make me look a fool in the eyes of everyone in the sovkhoze, everyone I'd have to go and work with the next day. I could already see their looks and smiles... no, that was it, I didn't want him anymore, he was really making fun of me when he used to say: 'Mara, my darling, you are the only one I ever loved! My feelings haven't changed in spite of the passing years and the rather unpleasant life we are leading here.' Ah, the rascal, he was really making fun of me! That's what I kept on repeating to myself now that he had left for the forest where that mad woman was waiting for him, that witch who had set up all this grotesque show which made everybody laugh: the wolves, the Dukati dogs and no doubt the neighbours...

But after two hours or so, my Hans was back knocking at the door, crying: «Mara, Mara, please let me in, my darling. » Poor Hans, all this had made him suffer but he had forgiven me. But at that point I had made up my mind! I wasn't going to let him in anymore... I had turned off the little lamp in our bedroom which had a window without curtains on the West side next to the front door. And between sobs, my husband was trying to explain things that I couldn't understand... and he kept on repeating, outside the door: «I'm frightened. That Hans she is calling isn't me! I don't understand! It's a nightmare! She's talking to me about a Baron, a manor house, a chapel... That Hans, it's not me...» I was so agitated, so angry with him that I didn't even try to listen to his explanations. And he would carry on: «I'm frightened! Mara, open the door, that woman is a ghost, she glides about with a white light around her, she is not real, she kept repeating 'tell me, my good man, where is Hans, my love? Has he come back from the war? Is he in his father's manor-house or in the Graši chapel?'»

All of a sudden, as Hans, still weeping, was telling me all this and banging on the door, an idea came to me: how can he talk about Hans, the Baron's son? He doesn't know the story of Graši. Hans, my husband, was telling me about things he knew absolutely nothing about! As a good communist who'd been thoroughly brain-washed, he had always refused to learn about the history of this hamlet, which had belonged to German landowners. But I myself knew it all as my father, who had been the head servant of the last Baron, had told my sister and me, secretly, the story of the Kahlen family of Graši. One of their great-uncles was indeed called Hans and he had disappeared very young, when he was 30, I think, in very strange circumstances. I don't remember precisely, but it may have been a hundred or a hundred and fifty years ago that this happened! But in spite of my doubts, I was far from believing all these stories, no doubt invented by his mistress. A witch, rather! Not a ghost! That woman is really crazy, I thought, as I stayed in the dark without saying a word, Hans still moaning outside the door. The wolves and the dogs had stopped howling since his return, the bells and the madwoman were silent. Everything was quiet again.

After a good half hour, I was seized with remorse. Maybe he is telling the truth? And then, if I leave him outside all night, he'll fall ill and seeing that Sasha, the director of the sovkhoze, already hates us, he is going to make life hard for us... So I decided to to go and open the door for him. He threw himself into my arms, crying more than ever. He was shivering with cold, with fear, or both at the same time perhaps. I made him some tea. I had never seen my husband, nor anyone else for that matter, in such a state. Little by little, he calmed down but his face had completely changed, like a dog that's been whipped, with a cowering expression. Seated at the end of the table, slumped down, his head in his hands, you'd think he'd seen the devil... and he started talking, talking... for hours...

And for years he talked about it, especially to me. He couldn't understand what had happened. «All the same», he used to say, «they weren't hallucinations! All the neighbours who saw that light, heard the White Lady, the bells, the wolves, they hadn't understood a thing about what had happened... and even less about what I had been through... but something did happen, didn't it? I want to understand, I haven't gone mad, have I? And everything she was telling me for hours, that... whatever she was. Was she a real woman? A mirage, a will-o'-the-wisp?... It's all too much for me.» Poor Hans! Still, he did forgive me.

For years we tried to forget, but how could we forget? The only way out was to try and understand. But how to find out about Graši's past history? During the Soviet occupation, we couldn't possibly have gone in search of written records which might have helped us to understand who that Baron Hans was, whose premature death had cut short a promising military career in the German cavalry. Almost all the records had been destroyed. It was only some years later that my friend Aiva, to whom I had confided this burdensome secret, whispered to me that at her father's house, in Kraukli, there was a manuscript retracing the history of the Kahlen family of Graši. But it was written in Old German. Would that help us to understand? We had to be very careful: if someone from the militia found us with that book, he would inform the KGB and that meant Siberia, at best... But we so much wanted to understand that we were ready to take such an enormous risk.

One night, I went with Hans across the fields to Aiva's parents' house and we came home some hours later with the manuscript which we now had to decipher. Who could help us? Some days later, I thought of something. What about mentioning it to the parson in Cesvaine? At least he wouldn't denounce us. But would he agree? We knew he had studied in Germany, where the Lutheran church is based. But how to set about it? He could have ended up in the goulag as well. In those days Hans and I didn't go to those places, nor those people... except... yes, that's it. My schoolmate, Marta, worked at the Cesvaine town hall and also as a cleaner in the church. If I dared ask her, maybe she would mention it to the parson who, perhaps, might help us? And that's what we did.

We asked the parson to come and see us at home, one evening, so as not to attract the neighbours' attention. There was a real risk. Parson Ivars was a really charming man. And although he thought our story completely daft and had a good laugh, which we found a bit humiliating, he sat down and asked to see the manuscript. Hans went to fetch it in the cellar where it was hidden under the store of potatoes. Very quickly, by following the family tree on the yellowing pages, he got to the generation in question, towards the end of the XVIIIth century, and sure enough, Hans, the Baron's third son had been summoned on the 8th of November 1808 by the german army to take command of the 65th Regiment, stationed in the Riga Arsenal, the order to take effect as soon as he had read the dispatch, which was brought to him by a horseman from that very same regiment.

But the messenger appeared just as Hans was going into the Graši chapel, surrounded by a crowd of relatives and friends. His fiancee, Liva, was waiting inside for him as they were about to link their destinies before God... As soon as he had read the order, Hans had to leave the celebration of his own wedding. And that was the last time the assembled family saw Hans. All trace of him was lost in the course of a particularly bloody battle. His body was never recovered. «But...» said the parson, turning pale and pausing for at least a minute before going on, "... but then, that White Lady? Wouldn't it be? No, it's not possible, I'm not going to believe all this nonsense, no, I'm not going to believe these ghost stories, no, no, it's nothing but superstition. Let's be serious, it's forbidden by my religion... I really cannot believe that."

While the priest kept on in this way, Hans was beginning to feel more comfortable... and me too... No,

Hans had never deceived me! No, he hadn't had hallucinations! And even if Parson Aivars was taken aback, terrified by what he was suspecting, we were beginning to feel relieved! Hans at last dared to look at me straight in the eye again, as he used to in the old days, to charm me, before this devilish business. A business which wore us out for years. Even our daughter, who lived with us, had suffered from this. Even if I had ended up believing my husband, I was still full of doubts. But now... happiness was coming back into our humble abode. I nearly went as far as asking Ivars at what time he would take the service the following Sunday, in his house. The thing is that only the Russian Orthodox Church was tolerated by the Party. And other services took place in secret, at night therefore, in private houses. But I refrained, after all, we were still communists, at least at that time, and there was no question of weakness for any other faith. It was strictly forbidden.

As for Ivars, he was far from reassured. «I'm coming back to-morrow evening and we'll try to take up the story from the beginning. I will write everything down. One of my friends is a historian at the Lutheran University of theology in Berlin. I'll ask him to do some research. I can't and I don't want to leave this unsolved. We must get right to the bottom of this business. There must be a rational explanation.»

He did indeed come back the next day, and the one after, and even a third evening. The lack of sleep was beginning to slow us down considerably. My hands were already very painful in those days, especially in winter. I had twelve cows to milk, morning and evening. And if someone was missing, we had to share out his or her work among ourselves. Hans was working in the team in charge of feeding the animals. There were 120 cows to feed in the shed with loose hay... 120, yes, cher Monsieur, and we didn't have modern machinery like now! Although I wonder if it's better now. Of course, there were lots of people in the sovkhoze. We must have been about a hundred working there. When I say working, I should say present in the workplace! Everyone was trying to do as little as possible... except the milkers... the cows had to be milked twice a day. Cheating was impossible. So, after three sleepless nights in a row, you can imagine my state...

Hans told Ivars everything, absolutely everything. «I went up by the Dukati path towards that strange light which, after moving about in the forest, had stopped just on the edge of the big meadow, about a hundred yards or so beyond the pigsty, flickering from time to time. I was kind of hypnotized and moved closer, not knowing what I was doing. The wolves were howling, so were the dogs. I could hear bells ringing all over the place, but I wasn't even frightened, I was going straight ahead and yet it was completely dark. Only that light in the forest showed me the way and that voice which kept on calling me tirelessly... When I got within ten yards or so of the big oak tree at the corner of the forest I finally saw the White Lady.

She was going round and round the tree, slowly, not walking but sort of flying near the ground. She was all lit up, I mean ... she was luminous, yes, that's it, she was luminous herself, but not dazzling, no, it was a whitish light, hazy but pleasant, restful. Yes, restful. She had a long dress on with a train several yards long which didn't even get caught up in the undergrowth. A beautiful white lace dress. I had never seen such a beautiful one. Her brown hair was covered with a veil which merged into the train, white lace like the dress. In her right hand she was holding a posy of white flowers. She wasn't looking at me and kept on calling: "Hans, my love, are you there? Have you come back?" I came a little bit closer, just two yards away from her, but she was still not looking at me. And when she called once more, I answered: «I'm here!» At that point, she stopped her antics around the tree, turned towards me and gliding as if on skates, came to sit on a swing hanging from one of the huge branches of the old oak tree. She looked at me a second. I didn't know whether to smile or not... but stood there transfixed by her beauty, her youth, such fine features... such a calming look. No doubt about it, she was a Latvian girl! Swinging gracefully, not very high, just a few feet, she spoke to me: "My good man! Have you by any chance caught sight of Hans, the Baron of Graši? Hasn't he come back to his father's manor, or to the chapel?". "I don't understand, I am Hans, there is no other Hans in Graši or anywhere else for miles around". "Hans is my fiancé. He said to me: my sweet, I must leave at once, my fatherland is in peril. I promise you I'll be back as soon as I can and we'll get married... So I am waiting for him here under this oak tree where we used to meet every time he came back to Graši. Under the oak tree where we were so much in love and had planned so many things together."

I asked: "When did your Hans go off? Which war? The war is over now.". "I don't remember anymore, it is so long ago... I was waiting for him inside the little Graši chapel, he was about to come in, the bells were ringing, the harps playing. Everything was about to start. Then he suddenly ran in, distressed, telling me he had just received a summons from his commander-in-chief and promising to return very quickly... I have been waiting for him ever since... And if he doesn't come this time I cannot return for another 75 years. This is the second time already..." She looked away, stood up and started gliding around the tree again. The wolves started howling once more. I stood there a long time, looking at her. She was so beautiful, so..., I can't find words to describe her... I don't know how long I stayed there without moving, looking at her, utterly mesmerized and at peace. But nothing else happened. She went round and round, repeating the same thing again and again. In the end I decided to go home, turned round and went off without her noticing. She wasn't looking at me, it was as if I didn't exist. As I moved away, I could still hear her as if she was only two yards away from me... She was so beautiful... And the same thing went on for hours during the next few nights.»

The way Hans was talking about her made me a bit jealous. But I knew he hadn't deceived me. Parson Ivars wrote down carefully everything Hans was telling him. Word by word, making him repeat the same sentences several times to be able to write them down exactly. He left and nearly three months went by, until one evening my schoolmate Marta came to the house to tell us that the parson had received a letter from Berlin and that he would drop in the following Saturday.

As arranged, Ivars arrived the next Saturday at nightfall, just as we were returning from the cowshed. He looked very solemn and we quickly went in and sat down in the kitchen which Sarmite, our daughter, always kept nice and warm. She looked after the state grocery shop and lived on the premises night and day as the shop was open all year round. Three people took it in turn to run it, but our daughter, who was in charge, lived on the spot. This meant we could live with her in a flat which was rather small but cosy in winter. Anyway, Ivars sat himself at the end of the table as usual, undid two of his shirt buttons, put his hand in and took out a grey envelope with a red wax seal but no stamp. «It was safer», he said, «for the mail to travel through a secret network of church people. An envelope like this opened by the KGB would mean that I'd find myself the next day on a train bound for Siberia, without any kind of a trial, just a reading of party rules.

He kept on beating about the bush, unable to embark on the risky subject he had come about. He finally made up his mind after a while: «This is a particularly delicate subject in the eyes of our mother the Church... Delicate... Delicate. How can I put it? Such happenings are not recognized, they do not exist, they are not accepted...» We couldn't understand what he was getting at. Only a few months ago, he himself had listened to us and written everything down carefully. And now there he was telling us that none of it had taken place? Hans and I were looking at him, rather dazed. After a long silence, he finally went on: «But, however...But...fortunately, I have some friends, real friends, who in spite of all the prohibitions have tried to understand and have also undertaken some research. Not in the Vidzeme provincial archives as they no longer exist, everything was burnt, but in the archives of the Lutheran church in Germany.» And he started to read the letter:

«In 1883, from the 8th of the month of November, and the seven nights following, in the parish of Cesvaine, at a place called Dukati, property of the Barons Von Kahlen of Graši, the servants, whose Master was at that time on business in Baden-Baden, apparently witnessed some inexplicable events. Parson Herman described those events. A strange light under the great oak tree, a strange voice, wolves howling and the bells of our churches ringing by themselves.

After another long silence, Ivars put the letter down on the table, pushed back his chair and looked up at the ceiling. With the same solemn expression he had when he came in, he said: «Nothing took place, it all comes from the imagination of ignorant and uncultured people who invent such performances to reinforce the belief in witchcraft still prevalent in our parish and other villages... Here you are, Hans and Mara, this is what I shall write on the report requested by my bishop.» Then he got up, saluted us and left, head down, without looking at us..."

Grandma Mara remained silent for a long while. She still held in her right hand the white handkerchief she had used to wipe her tears as she was telling her story which lasted most of the afternoon. Ina was exhausted, worn out. I think it was the first time she had actually been able to listen to her grandmother's story to the end. The three of us remained deep in silence. I had at least twenty pages of notes. Would I be able to decipher them? I was so shaky writing them, carried away as I was by Grandma Mara's tale. She herself was tired out by the strain of talking: «Could I have a glass of water, please?». «Of course! Let's go inside to the small drawing-room. Ilita will bring us some lemonade.» And slowly, Mara leaning on her granddaughter Ina, we walked towards the entrance to the manor.

While we were quenching our thirst, Mara said: "You know, cher Monsieur, if I have come back to Graši after so many years, it is partly out of nostalgia, of course, in spite of all we suffered here, my husband and I. Sufferings which also opened our eyes... No, communism isn't possible... Men are so different, and it takes all sorts. It is a dream, it must remain a dream which can, of course, act as a spur from time to time, as Humanity is only too inclined to become individualistic and selfish, but that's all... Otherwise the dream will become a nightmare again. But if I have made the effort to come back to Graši today in spite of my advancing years, it's mainly to warn you: around the 8th of November 2023, at nightfall, the White Lady will be back at the foot of the great oak tree of Dukati... Don't forget! On November 8th 2023, and for several nights after that..." And Grandma Mara and her family went away as discreetly as they had come, like true Latvians.

A few days later, I was looking at my notes, wondering... what?... This is not a secret. It is hard to believe, but that is its only weakness, it seems to me. But if I had decided not to tell it, I would have felt uneasy for years. So, I decided to write it down, just as Grandma Mara told it to me herself. Now you know as much about it as I do. You can think what you like about it, but I feel a weight off my chest!

Translated by Nadine Vitols & Peter Dixon

## Белая Дама из Граши

В ваших руках правдивая история, которую я узнал из надежного источника: от одной латышской бабушки по имени Мара, которая хранила эту тайну почти пятьдесят лет, так и не найдя слушателя, который бы не высмеял ее, не считая одного француза ... меня.

Недавно мне посчастливилось познакомиться с ней. Четверо внуков проводили ее до Граши, в небольшое паломничество по следам прошлого, по тем следам, что все еще свежи в ее бодрой памяти. Овдовев еще совсем молодой, она сейчас живет в Риге, однако родилась в селе Граши в 1918 году. В году, когда была провозглашена Латвийская Республика. Здесь же она жила до 1989 года.

Видя, с каким живым интересом откликнулся я на ее предложение рассказать мне свою "историю", видя, ка быстро поспешил я в свой кабинет, чтобы найти что-нибудь, куда бы я мог записать ее, бабушка Мара начала плакать от радости и облегчения: «Каждый раз, когда пытаюсь рассказать эту историю, причем правдивую (ведь я была одной из главных ее участниц), все смотрели на меня как на сельскую ведьму. Наконец есть кто-то, кто готов послушать меня! Спасибо, спасибо!

Видя, что она начинает свое повествование, которое одна из ее внучек переводила на английский, ее семья, казалось, про себя тихо думает: «Ну вот, опять начинается! Опять она со своей «историей»! Да к тому же в этот раз она нашла одного дурака, который рад ее послушать... это не закончиться никогда!»

И вот, остальные внуки решили оставить нас, а сами отправились на прогулку по поселку. Я предупредил внучку Инну, что я не очень хорошо понимаю по-английски: «Когда увидите, что я не понимаю, постарайтесь сказать предложение более простыми словами». Она хорошо играла эту игру. «Thank you very much, dear Inna!» Сидя в тени больших дубов на одной из массивных скамеек парка усадьбы, рядом с бабушкой Марой по одну и Инной по другую сторону, мы отправились на полвека назад в прошлое...

«Это было в 1958 году, одной очень темной ноябрьской ночью, точнее 8 ноября. Безлунной ночью, когда только хруст гравия под подошвой служил указателем пути. Было влажно, не слишком холодно для этого времени года. Мы вернулись домой, усталые после долгого рабочего дня на совхозной коровник.

буренок надо было вручную подоить, дорогой месье! Конечно, мы знали, что уже существуют машины, но у нас это было настоящее несчастье! Посмотрите, в каком состоянии мои руки, ревматизм, который так мучает меня, исказил их. Этот ревматизм до сих пор так сильно мучает меня... Мой муж Ханс, царство ему небесное, бедняжка ... Немецкое имя? Почему? Вы знаете, дорогой месье, иногда из-за всех этих захватчиков нашей стране не всегда бывало просто сохранять свою целостность...

Так что же я говорила? Ах да, мы с Хансом возвращались в Граши. Мы жили в том маленьком домике, в котором моя дочь заведывала продуктовым магазином. В том маленьком домике позади, в котором, вы сказали, Фонд планирует построить часовню. Боже мой ... часовня на месте моего дома ... Кто бы мог в это поверить в те времена! В этом доме живет так много моих воспоминаний, хороших и не совсем... А какая часовня? Лютеранская? Ах, нет? Значит католическая! Вот как!

Короче говоря, на чем же это я остановилась? Ах да, та знаменательная ночь, которая перевернула всю мою жизнь и даже нашу семейную жизнь поставила под угрозу по моей вине... бедный Ханс, сколько ему пришлось выстрадать из-за этого... Это была моя вина ... Я ему не верила...

Мы были уже недалеко от дома, как вдруг услышали стаю волков, что жили там, на севере от Дукат, волки завыли так, что кровь стыла в жилах. Все это было, да, очень странно... впервые случалось что-то подобное в безлунную ночь...

Ханс сказал мне: «Смотри, дорогая!» Да, он звал меня дорогая, бедняжка... «Смотри, там, на севере от Дукат! я вижу непонятный отблеск на опушке леса, подобно странному разноцветному пламени. Это не огонь, а белый, движущийся свет...»

В тот момент я не могла различить ничего особенного. На глазу у меня был ячмень, жгучий ячмень, поэтому видела я только смутно. Но то, что помню я, был голос. Мой Бог, что это был за голос... я до сих пор содрогаюсь, вспоминая его! Странный женский голос, одновременно такой нежный и мощный... голос, будто шедший из другого мира. Как эхо, которое расходилось по всему лесу. Мягкий голос, сливавшийся с непрерывным воем волков. Лай собак со всего поселка вторил ему.

Все это было очень непривычно. Страх сковал меня... Я вся дрожала. Немного позже, когда я вслушалась повнимательнее, я поняла, что голос зовет моего мужа: «Ханс, Ханс, ты вернулся, ты здесь! Ханс, ответь мне...» Муж мой был весь бледный и все повторял: «Я не знаю, что это за голос. Кто эта женщина? Как она может знать меня? Не понимаю, тут должна быть какая-то ошибка».

Атмосфера была жуткой, бессмысленной. Вдруг, неожиданно я осознала, что этот голос зовет моего мужа, я, взволнованная, прижалась к нему, но потом вдруг что-то вспыхнуло во мне и я оттолкнула его резко. «Ханс, скажи правду! Ты любишь другую женщину? Что это за театр? Если вы оба думали, что этим произведете на меня впечатление, то в цель не попали!»

Бедный Ханс, мир праху его, он все же потом простил меня. Бедный Ханс. Этот голос, так и не прекращавший своих попыток поссорить нас, да эти волки и собаки! К тому же мне казалось, что я слышу звучащие колокола часовни Карздабас, может быть, даже из самих часовен Лиезере и с кладбища Граши. А может быть из Краукли или Цесвайне. Или со всех вместе? Не знаю что и сказать...

Охваченная ужасом, я бросилась домой и первая вбежала внутрь, захлопнув двери прямо у Ханса перед носом. В слезах, с тревогой думая о том, что же там на дворе происходит, я прокричала ему: «Эта женщина зовет тебя! Чего ждешь? Иди в лес, иди на встречу к ней! Ты что не видишь, не слышишь? Она любит тебя. Я ее понимаю. Это же видно: она любит тебя!» Бедный Ханс, мир душе его...»

Инна перестала переводить, ее бабушка плакала горькими слезами. Она сказала ей что-то по-латышски. Я не понял, но думаю, она предложила прервать рассказ. Эти воспоминания слишком взволновали ее... Но уже через несколько секунд, дав своим красным, заплаканным глазам обсохнуть, Мара, казалось, говорила: «Нет, в этот раз вы не заставите меня молчать. Я наконец-то нашла человека, который слушает меня. Я буду продолжать дальше». Глаза Инны тоже были мокрые ... и, откровенно говоря, рассказ Мары начал волновать и меня. Я чувствовал себя немного неловко, оттого что она поверяет мне свою историю, которая до сих пор не казалась мне такой личной...

Бабушка Мара откашлялась, прочистила горло и продолжала: «Ханс остался снаружи на ступеньках дома, гладя собаку, которая лаяла до этого так же неутомимо, как и остальные, но, видя хозяина таким спокойным, умолкла. Я начала снова: «Ханс, уходи! Иди к ней! Ты ведь не оставишь ее всю ночь звать тебя? Смотри, все соседи уже вышли из своих домов. Я прошу тебя, Ханс, иди, и пусть эта блудница наконец умолкнет!» И мой бедный Ханс, совсем подавленный, пошел прочь. Я не видела его два или три бесконечно долгих часа.

Наша собака опять дико завыла. Я не могла, да и не хотела спать. Решила твердо, не пущу Ханса домой. Он не только обманывал меня неизвестно сколько, да еще эта ненормальная разыграла целый спектакль, чтобы из меня посмешище сделать на весь совхоз, ведь мне придется работать на следующий день, у всех на глазах. Я уже представляла взгляды людей, улыбки... Нет, с этим покончено, не хочу его больше видеть! И как он обманул меня, говоря: «Мара, моя любимая, я люблю только тебя! Мои чувства остались прежними, ни время, ни эта далеко не веселая жизнь, что мы здесь живем, не смогли изменить их». Ах, какой негодяй! Одурачил меня! Все повторяла я про себя после того, как Ханс ушел в лес, где его ждала эта бесстыдница, сумасшедшая, ведьма, которая и придумала весь этот гротеск, чем посмешила всех – собак, волков, и без сомнения, всех соседей... Но через два часа Ханс вернулся и, плача, стучался в дверь: «Мара, Мара, прошу тебя, открой, дорогая!» Бедный Ханс, он так страдал из-за этой истории! И все-таки он простил меня... но в этот момент я был несговорчива. Я ему не открыла...

Я погасила маленькую лампочку в нашей комнате, окна которой были рядом с парадной дверью на восточной стороне. Всхлипывая, мой муж пытался объяснять мне что-то непонятное... Он непрерывно повторял, стоя перед дверью: «Я боюсь! Этот Ханс, которого она зовет, кто-то другой! Я ничего не понимаю. Это какой-то кошмар! Она рассказывает о бароне, замке, часовне... Этот Ханс –не я...»

Я была так обижена, так возмущена, что даже не думала вслушиваться в его объяснения. Он снова повторял: «Я боюсь! Мара, открой! Эта женщина - привидение. Она движется, не ступая ногами, вся охваченная белым светом. Она не настоящая. Она мне повторяла, не прекращая, одно и тоже: «Скажи мне, храбрец, где мой любимый Ханс, он уже вернулся с войны? Он во дворце своего отца или в часовне Граши?

В то время как Ханс, сквозь слезы, пытался рассказать о происшедшем, по-прежнему стучась в дверь, у меня неожиданно появилась мысль: «Но как он может говорить о сыне Барона Хансе? Он же не знает истории Граши». Мой муж Ханс говорил о вещах, о которых он не имел никакого понятия! Как настоящий коммунист, тщательно «вышколенный», каким он в действительности и был, он всегда отказывался слушать историю этого поселка, ранее принадлежавшего немецкой аристократии. Я же знала ее хорошо. Мой отец был старостой при последнем Бароне, тайно он как-то рассказал мне и моей сестре всю историю семьи фон Каленов из Граши. Одного из представителей этой семьи действительно звали Ханс. )

Он пропал очень молодым, по-моему, 30-х лет от роду, к тому же при очень странных обстоятельствах. Я точно не помню, но кажется, что это было 100 или 150 лет тому назад.

Все же несмотря на мои сомнения, не дававшие мне покоя, я была далека от того, чтобы поверить всем этим сказкам, конечно же, выдуманным его любовницей.

«Ведьма! Да! Какое там привидение! Эта девица точно не в себе», - думала я, оставаясь в темноте и не говоря ни слова. А за дверью Ханс продолжать стонать. Прошло еще какое-то время, вот уже и собаки с волками умолкли, колокола и ненормальная тоже. Все затихло.

Прошло полчаса, я стала раздумывать....А может быть, он все-таки говорит правду? К тому же, если я оставлю его на улице, он заболеет. Саша, директор совхоза, терпеть нас не может, вот уж он нам неприятности устроит... Наконец я решила открыть Хансу двери... Войдя, он по-новой расплакался и бросился мне на шею. Он весь трясся, то ли от холода, то ли от страха, а может, и от того и другого вместе. Я согрела ему чай. Никогда мне не

доводилось видеть своего мужа, да и вообще кого-либо, в таком состоянии. Постепенно он стал успокаиваться, но его лицо... оно так переменилось... было как у побитой собаки. Глядя в пустоту, он сел за стол, сидел, поникший, руками подпирая голову. Выглядел он так, словно самого черта видел. И стал рассказывать, рассказывать, рассказывать...часами напролет...

По прошествии многих лет Ханс снова и снова рассказывал мне о происшедшем с ним, делился этим он только со мной. Он так и не мог понять ничего, что произошло тогда. «И все же» ,- говорил он,- «это не были галлюцинации! Все соседи, которые видели сияние, слышали Белую Даму, колокола, волков, они также не могли понять все это... тем более то, что произошло тогда со мной...но ведь было же все-таки что-то! Я хочу понять. Не сошел же я с ума. И потом, все это, что мне часами рассказывала та...кто она была вообще? Была ли это настоящая женщина, мираж или блуждающие огоньки? Нет, я больше не могу...» Мой бедный Ханс, он все же простил меня...

Многие годы мы пытались забыть обо всем этом. Но как? Это не было возможно. Единственное, мы могли попробовать понять. Но как же можно было раздобыть информацию об истории Граши? В советское время не было возможности найти документы, которые бы помогли разобраться в том, кто был этот Барон Ханс, который так рано исчез, в то время, когда судьба уже готовила ему блестящую военную карьеру в немецкой кавалерии. Почти все, если не все, документы были уничтожены.

Только спустя несколько лет, когда моя подруга Айва, которой я поведала свою тайну, хранить которую было так тяжело, но, главное, мучительна была ее необъяснимость... на это Айва прошептала мне, дескать, у ее отца, живущего в Краукли, был манускрипт, воспоминания о семье Граши фон Кален. Манускрипт был на старом немецком языке. Может быть, именно он поможет нам все правильно понять? Нужно было быть осторожными, ведь если кто-то из милиции найдет нас с этой книгой, он сдаст нас в КГБ, и тогда нас ждет Сибирь или что-то пострашнее...но нам так хотелось понять, что мы пошли на этот риск.

И вот, как-то ночью мы с Хансом отправились через поля к родителям Айвы, а уже несколько часов спустя вернулись со знаменитым манускриптом, который теперь еще надо было перевести. Но кто бы мог помочь нам?

Через несколько дней мне в голову пришла прекрасная идея - а что если поговорить об этом с пастором из Цесвайне. Он нас хотя бы не выдаст, это уж точно. Но согласится ли он? Мы знали, что он учился на кафедре немецкой Лютеранской Церкви. Но как это сделать? Он ведь тоже рискует Гулагом. В то время мы с Хансом почти не посещали ни Цесвайне, ни этих людей... не считая... да! Мою подругу школьную Марту, которая работала в совете Цесвайне, а также заботилась о церковном хозяйстве! Да, я осмелюсь попросить ее поговорить с пастором, который, может быть, поможет нам. Сказано - сделано!

Итак, мы пригласили пастора зайти к нам как-то вечером, но так, чтобы соседи ничего не узнали. Риск был большой. Пастор Ивар действительно был очень милым человеком. Было даже очень хорошо, что наша история ему показалась такой забавной. После того, как он разразился диким хохотом, что, надо признать, нас слегка задело, пастор сел за стол и попросил принести манускрипт. Ханс отправился искать его под кучей картофеля. Очень быстро, следуя за историей семьи по пожелтевшим страницам, он подошел к повествованию о конце XVIII века, и непосредственно к Хансу. 8 ноября 1808 года третий сын Барона был призван в русскую армию, чтобы незамедлительно принять командование 65-м полком, базировавшимся в Рижском арсенале. Он должен был отправиться в Ригу тотчас по прочтении письма, врученного ему посыльным того самого полка.

Но этот посыльный появился именно в тот момент, когда Ханс вошел в часовню, сопровождаемый родными и друзьями, туда, где ждала обещанная Хансу Лига,- ждала, чтобы соединить свои судьбы перед Богом... В тот самый момент, когда Ханс прочел эту повестку, он должен был уехать,- оставить церемонию своего венчания. Это и был последний раз, когда семья, вся собравшаяся в честь этого события, видела Ханса, который пропал потом в кровавой битве. Его тело так никогда и не нашли... «Но...» - и тогда пастор побледнел и задумался на некоторое время, прежде чем продолжить, - «так значит, Белая Дама? Не она ли Лига? Нет, это невозможно, я во все эти сказки не поверю. Нет, не поверю в истории с привидениями, нет и нет...это всего лишь суеверие. Нет, будем серьезны, моя религия запрещает мне подобное... я не могу верить во все это».

Пока пастор все не унимался, ужасаясь от своего открытия, Хансу становилось легче на душе... и мне тоже... Нет, Ханс никогда меня не обманывал! Нет, у него не было галлюцинаций. В то время как пастор Ивар молчал, потеряв дар речи в потрясении, мы чувствовали огромное облегчение. Ханс наконец снова осмелился смотреть мне в глаза, тем же горящим взглядом, что и раньше, до того как ночное происшествие поставило на этом точку. Эта история годами мучила нас, унесла наши последние силы. Даже моя дочь, которая жила вместе с нами, сильно страдала от этого. Ведь если бы я была согласна верить своему мужу, это отмело бы много сомнений и подозрений. Но теперь... это было самое настоящее счастье, вернувшееся счастье... Я готова была уже спросить нашего пастора, во сколько будет богослужение в следующее воскресенье в его доме.

Только Русская Православная Церковь была разрешена Партией. Все же остальные продолжали свою работу тайно, то есть по ночам в частных домах... но нет, не будем преувеличивать, мы были коммунистами, по крайней мере в то время, и никакой речи об отвлечении на другие идеи... пропаганда все это строго запрещала.

Ивар так и не мог успокоиться: «Завтра вечером я вернусь, и мы постараемся все начать с начала. Я все запишу, у меня есть один друг, историк в Берлинском Университете Лютеранской теологии. Я ему отправлю письмо, пусть начнет поиск. Не хочу оставлять этот вопрос незавершенным. Нельзя. Нам надо его решить. Здесь должно быть какое-то рациональное решение».

Он вернулся к нам следующим вечером, и на второй день, и на третий. Наши силы были уже на исходе, мы были совершенно вымотаны недосыпом. Уже в то время руки причиняли мне большую боль, особенно зимой. Мне надо было утром и вечером подоить 12 коров! И если кого-то не было на месте, работу должны были выполнять мы. Ханс относился к тем, кто заботился о кормлении скота. Нужно было накормить 120 коров голой соломой. Да, 120, дорогой месье! И у нас не было современных машин, как сейчас. Хотя, если подумать, разве сейчас лучше? Конечно, в совхозе было много людей. Там должно было быть около ста работников. В конце коцов, когда я говорю работники, я имею в виду работников, которые были на месте, но только притворялись, что работают... но только не тех, которые были на дойке... два раза в день нужно было тщательно подоить коров. Тут уж мы не могли обманывать! Так вот, три ночи без сна... такое словами не выскажешь.

Ханс рассказал Ивару все, абсолютно все. «Я пошел вверх по дороге Дукат навстречу тому удивительному свету, что, покружив по лесу, остановился, мерцая, на краю дубравы примерно в ста метрах от свинарни. Я был словно загипнотизирован и бессознательно двигался вперед. Волки выли, собаки тоже. Я слышал звонящие со всех сторон колокола, но страха у меня не было. Я шел прямо туда. Было совсем темно, только этот свет и голос в лесу, голос, который не переставая звал меня, указывал мне путь... не доходя каких-то 10 метров до большого дуба на лесной окраине, я наконец увидел Белую Даму. Она кружила вокруг дерева, медленно, не касаясь земли, словно бы паря над ней. Она была вся в свете, не знаю как сказать... она светилась, да, она светилась сама в себе, но не ярко, нет, скорее как белый свет, туманный, но приятный, успокаивающий. Да, успокаивающий. На ней было длинное платье со шлейфом в несколько метров, который не зацеплялся ни за одну веточку, но это меня не тревожило. Очень красивое, белое, кружевное платье, никогда раньше не видал я такого красивого. Ее светлые, каштановые волосы были покрыты длинной вуалью, сливавшейся с шлейфом, из того же кружева, что и платье. В правой руке она держала маленький букетик белых цветов. Она даже не посмотрела на меня и продолжала звать: «Ханс, мой любимый, ты здесь? Ты вернулся?»

Я подошел немного ближе, только на каких-то два метра от нее, но она по-прежнему на меня не смотрела. Как только она снова заговорила, я ответил: «Я здесь!»

В этот миг она остановила свои вращенья вокруг дерева и повернулась ко мне, и так, словно бы скользя, села в качели, что висели на огромных ветвях старого дуба. Она какое-то время смотрела на меня. Я не знал, улыбнуться ли мне... я стоял, потрясенный ее красотой, ее молодостью, такими тонкими чертами... завороженный ее взглядом. Несомненно, это была латышка!

Она обратилась ко мне, грациозно качаясь на качелях, не слишком высоко, метр или два над землей. «Послушай, добрый человек, ты случайно не видел Барона Граши Ханса? Он не вернулся в замок своего отца или в часовню?»

«Я не понимаю, я - Ханс. Другого Ханса ни в Граши, ни даже по всей округе, больше нет».

«Ханс мой жених. Как-то он сказал мне: «Моя любимая, мне надо срочно уехать, моя родина в опасности. Я обещаю тебе скоро вернуться, и мы поженимся...» И вот я жду его, под этим дубом, где мы встречались каждый раз, когда он возвращался в Граши. Под этим дубом, где наши сердца встречались в общей любви и мечтаниях».

Я спросил ее: «Но когда ваш Ханс уехал? На какую войну? Война же закончилась».

«Я больше уже не знаю, столько времени прошло с тех пор... я его ждала в часовне. Он должен был войти в нее после того, как зазвучат колокола и арфы. Все должно было начаться. Как вдруг я увидала как он вбежал, взволнованный, и говорит мне, говорит мне, что получил повестку от генерала армии. Он пообещал мне скоро вернуться... и я все жду его с того самого времени... и с тех пор я жду его... и если в этот раз он не вернется, я не смогу вернуться 75 лет. Я здесь второй раз..."

Она бросила на меня короткий взгляд и стала снова вращаться вокруг дерева, завыли волки... я пробыл там очень долго, глядя на нее. Она была так прекрасна, так... не могу найти слов. Есть ли слово, чтобы выразить это? Не знаю, сколько времени провел я без движенья, стоял и смотрел на нее, совершенно завороженный.

Но ничего не происходило: она все кружилась, повторяя свое движение, как старая музыкальная пластинка. В конце концов я решил вернуться домой; я повернулся и отправился прочь, но она этого даже не заметила. Она не смотрела на меня, как будто бы я совсем не существовал. Даже удаляясь, я слышал ее так же хорошо, как и тогда, стоя невдалеке... она была так прекрасна...

И это все продолжалось часами несколько ночей подряд».

То, как Ханс говорил о ней, пробудило у меня некоторую ревность. Но я знала, он не обманывал меня. Пастор Ивар кратко записал все, что рассказал Ханс. Слово в слово; засомневавшись, просил иногда повторить одно и то же предложение и внимательно записывал.

Потом он ушел. Нам пришлось ждать примерно три месяца, пока моя подруга наконец не пришла к нам как-то вечером, чтобы рассказать о полученном пастырем письме из Берлина, о том, что он зайдет к нам субботним вечером.

В следующую субботу, как и обещано, Ивар пришел к нам сразу как стемнело, как раз когда мы уже встали из-за стола. У него был праздничный вид; мы поспешили войти в хорошо обогретую нашей дочкой Сармите кухню, где она занималась продовольствием. Она жила там день и ночь, ведь магазин был открыт 7 дней в неделю круглый год. Трое людей замещали друг друга, для поддержания работы, но моя дочь, заведующая, жила тут же, что позволяло нам жить с ней вместе в маленькой, но теплой в холодные времена квартире.

Так вот, следуя уже хорошой привычке садиться во главе стола, пастор скользнул рукой под рубашку, прежде расстегнув несколько пуговиц, и достал серый конверт без марки, опечатанный красной восковой печатью.

«Для надежности», - обьяснил он, - «это письмо путешествовало по основанной членами церкви тайной сети. Один такой открытый в КГБ конверт - и на следующий день я могу очнуться в поезде, увозящем меня в Сибирь, без какого-либо решения суда, просто по обычном зачтении партийных законов».

Он кружил как кот вокруг сметаны, так и не приступая к делу, из-за которого пришел. Прошло какое-то время, и он наконец заговорил: «Это очень деликатная тема в глазах нашей Матери Церкви... деликатная... деликатная... как бы правильней выразиться. Эти факты не признаны, они не существуют, они не признаны...»

Мы не поняли ничего из того, что он говорил. Несмотря на то, что он сам, некоторое время назад, так внимательно слушал нас, все записывал, и вот, смотри-ка, говорит, что ничего из всего этого не существовало? Ханс и я, мы отупело смотрели друг на друга. Но после долгого молчания, он все же продолжил: «Но все таки... но... к счастью, у меня есть друзья. Настоящие. Которые, несмотря на все запреты, все-таки пытались понять и сами, своими силами искали. Не в видземских архивах, так как они уже не существуют, все сожжено, - они искали в Лютеранских архивах Гемании». И он стал читать письмо:

«Это началось 8 ноября 1883 года и продолжалось семь ночей в местечке Дукаты, поселка Цесвайне. В поместье семьи фон Кален из Граши замечены, так сказать, необъяснимые явления со стороны слуг господина Барона, который в это время находился в деловой поездке в Баден-Бадене. Пастор Херманис раскрывает факты: странный свет под большим дубом, удивительный голос, воющие волки, и колокола нашей церкви звонят сами по себе.

После очередного затянувшегося молчания Ивар положил письмо на стол, поднялся, отодвинув стул. Смотря в потолок с тем же самым выражением лица, что и по пришествии, он сказал: «Ничего не произошло, это лишь плод воображения простого люда без какой-либо культуры и образования, которые придумали подобные истории, чтобы привлечь внимание к своим волшебствам, по-прежнему живущим в их среде, особенно у нас в поселке... так что, вот, Ханс, Мара, это то, что я буду писать в своем сообщении епископу». Сказав это, он простился с нами и пошел, опустив голову и даже не взглянув на нас».

Бабушка Мара довольно долго молчала. Она все еще держала свой белый платочек в правой руке. Все тот же платочек, каким она вытирала струящиеся по глазам слезы, они текли и текли все время, пока она рассказывала свою историю, а продлилось это до позднего вечера.

Силы Инны были истощены. Я думаю, это был первый раз, когда она смогла выслушать «историю» своей бабушки до самого конца.

Наступило долгое молчание. Я исписал примерно 20 страниц. Смогу ли я прочесть все, что сам записал? Ведь мои руки так дрожали от волнения, вызванного историей Мары, которая сама уже не могла вымолвить ни слова.

«Не могла бы я попросить стакан воды?»

«Ну конечно! Пойдем в малую гостиную, Илита нам подаст лимонад». И медленным шагом, опираясь на плечо своей внучки, Мара отправилась в замок вслед за мной.

Покуда мы освежались, Мара сказала мне: «Знаете, дорогой месье, если я и вернулась в Граши после такого долгого времени, то это, конечно, немножко из-за ностальгии... несмотря на все эти страдания, которые мой муж и я претерпели здесь. Но эти страдания открыли нам также глаза... нет, коммунизм, это невозможно... люди слишком разные, и для создания мира нужно это разнообразие. Это мечта, пусть же такой и остается. Мечта, которая время от времени может служить двигателем, потому, что людям свойственно становиться индивуалистами и эгоистами, но и это все... в противном случае мечта опять превратится в кошмар. Но если я сегодня прикладываю усилия, чтобы , несмотря на мой преклонный возраст, вернуться в Граши, то главным образом это для того, чтобы предупредить вас: 8 ноября 2023 года и потом еще 7 дней, как только наступит ночь, Белая Дама вернется к большому дубу... не забудьте! 8 ноября 2023 года!» И бабушка Мара со своей семьей отправились домой все с той же скромностью, как и появились, как настоящие латыши, какими они и были.

Несколько дней спустя я просматривал мои записи и думал... и что? Это не секрет. Это история, которой трудно верить, и это, по-моему, и есть ее единственный недостаток. Но, если бы я решил не говорить об этом, я бы долгие годы томился от тяжести на сердце. Поэтому я и решил поведать ее вам, чтобы снова оживить ее такою, какой она была рассказана мне самой бабушкой Марой.

Итак, вы знаете столько же, сколько и я. Думайте, что пожелаете, но я, наконец, могу вздохнуть с облегчением!

Перевод Наталии Гайдаровой

## Sommaire

| Page | Langue | Titre |
|---|---|---|
| Lapa | Valoda | Virsraksts |
| Page | Language | Title |
| страница | язык | заголовок |
| 5 | Français | Introduction à l'étrange. |
| 7 | Français | La Dame Blanche de Graši |
| 29 | Latviski | Grašu Baltā Dāma |
| 47 | English | The White Lady of Graši |
| 63 | Russian | Белая Дама из Граши |

*Du même auteur*

- "Contes, Comtes et Comptes Gascons, Plaidoyer pour la Réintroduction de l'Homme dans la Nature." Publié en 2003 réédité en 2023.

- "Ad Vitam Æternam" est la suite de "La Dame Blanche de Lettonie" se réincarnant le 8 novembre 2023 dans une saga paysanne Occitano-Lettone. Un roman fantastique cheminant vers l'accomplissement de la Prophétie auscitaine de la Réincarnation de la Petite Paysannerie au chevet de notre civilisation. En plusieurs tomes. Publication dès fin 2023.